川

[日] 渡边淳一 著

时卫国 译

青岛出版社

目 录

恋骨 / 1

恋寝 / 49

恋子 / 89

恋暗 / 127

恋舍 / 175

恋离 / 219

恋川 / 259

恋

骨

一

"怎么啦?阿正,你一点儿也不想喝吗?"

老板娘站在吧台头上,讪讪地问。井田正太郎慌忙抬起头来。

"兑水的威士忌味道太淡了,再给您添上点儿酒吧。"

老板娘走到正太郎面前,用吧台上的酒给他勾兑威士忌。

一瞬间,正太郎露出困窘的表情,默默地注视着老板娘兑酒的动作。

"今天冷清啊,看样子要下阵儿雨啦。"

老板娘从窗口瞭望街景,若有所思地说。这里地处东京赤坂[①]外层护城河大街之后的三筋大街。周围是所谓的夜赤坂的中心街,林立着高级饭店、酒馆和酒吧。

---

① 定名,位于东京都港区。

称之为"星期三的早晨"的这家店位于七号楼的三楼。一楼是一家玻璃幕墙围罩着的咖啡馆,咖啡馆的副业是经营布制宠物。一个布制宠物只卖五百到一千日元,价格比较合理,年轻的小伙子会买去送给女友,中年人会买去送给孩子,因而生意很红火。

"'星期三的早晨'就在卖布制宠物的咖啡馆上面,三楼。"老板娘解释自家店的时候,这样说。

"'星期三的早晨'是表达什么意思呢?有点冗长而深奥啊。"

有客人问起店名的由来,老板娘总是笑着作答:

"每个星期三的早晨,对于各公司的职员来说,是令人生厌的时间。星期一、星期二,人们休息完刚上班,蛮有精神;到了星期四,感觉工作时间已过半,会松口气;到了星期五,马上就是周末;星期六和星期天最使人惬意。总体来看,星期三的早晨是最令人忧郁的。"

"是不是说,你的店也和那个最令人生厌的早晨一样,最令人讨厌呢?"

"别开玩笑!我们是为了帮助人们排解星期三的忧郁,才设身处地为大家服务的。"

"要这么说,这服务质量可够差的啊。"

"我们不愿为你这样说话尖刻的人服务。"

据说老板娘以前曾在某个影视公司做过总经理。曾经是个肌肉绷得很紧、肤色略黑的美女,现在已年过四十,胖了很多。

老板娘阅历很丰富,现在好像是单身。她曾和某个著名的乐师结过婚,据说有的年轻演员还很迷恋她。她脑子很聪明,而且比男人慷慨,虽然经常骂人,客人却常来这里。也可能因为老板娘是单身的缘故,周围总有种戏谑的气氛。

老板娘似乎有点看破红尘的意味。她曾在雁过拔毛的娱乐圈待过,对一些调侃的事儿,不会感到惊讶。如果客人说话不慎重,反倒会被她驳得无言以对。

总之,她凭着个人的力量,苦心经营着这家店,确实是个能干的女人。

据说"星期三的早晨"处于赤坂的黄金地段,一坪[①]至少值一百万日元,店里的面积约有十坪。

进店里去,左边是L字型的吧台,角上还有个不大的雅座。

这种店铺,往往是在下半夜,其他的俱乐部和酒吧打烊后,聚集的人比较多。合理地说,这种获准在夜间营业的酒

---

① 坪为日本面积单位名,1坪等于1日亩的三十分之一,合3.3057平方米。

馆，与其提供酒类供人饮用，不如提供夜餐更符合人性。

实际上，这家店的柜台后面一墙之隔是厨房，有专属的厨师。

属于普通的菜肴，从简单的小菜到生鱼片、烧鱼，以及其他应季的东西，什么都可以做。

这家店除了老板娘，还有两个女孩儿，她们的身材和老板娘相反，比较瘦小。

TBS[①]就在附近，可能是因为附近影视公司多，店里的客人大多是新闻媒体的相关人士。老板娘说公司职员会在星期三感到疲倦和厌烦，虽有点不准确，但他们确实会喝到很晚才离开。

当下，老板娘正在给正太郎斟酒。正太郎是所谓的美术设计师，今年二十八岁。他负责电视上大型道具装置的设计与安排。审美能力特别强，热爱工作，是个在舞台美术方面很在行的人。

"我丝毫没醉啊。再稍喝一点儿！"

阿正喝酒，喝掉半瓶很轻松。此刻，他拿着酒杯却完全不想喝。他平时很开朗，经常和两三个伙伴一起喝酒，今天

---

① 日本著名电视台，位于东京。

这么孤独而老实，确实是少见的。

"你有什么事儿吗?"

老板娘把正太郎视作自己的儿子般关切地问。虽然老板娘才四十三岁，正太郎已二十八岁，有点不太合理，可也不是没有可能。

"别表现出那种康德加黑格尔的表情，说吧!"

时间刚到晚上八点，店里人很少。柜台上只有两组客人，一组是两个男人，另一组是一个女孩儿陪着一个男孩儿。

"说真的，我明天要去住院了。"

正太郎这才开启笨重的嘴巴。

"所以担心今天喝酒太多，明天麻醉药不管用。"

老板娘睁圆了大大的、机灵的眼睛，凝视着阿正。

"哪儿不舒服?"

"现在没有哪儿不舒服……"

阿正猛地喝了一杯威士忌，下决心般地昂起头，用手往上拢起长发，开始讲述下面的故事。

二

井田正太郎有个恋人，叫家纳妙子。他曾带着这个女孩儿来过"星期三的早晨"两次，老板娘也认识她。她的脸庞和身材都很娇小，却非常匀称。她正值二十二岁的妙龄，穿着牛仔裤，往那里一站，显得腿细长，臀部绷得紧紧的。喜欢把头发随意梳到后边，看着像个男孩儿，实际却是个胆小怕事的女孩儿。

正太郎领着她到这儿来时，她基本上不讲话，只是默默地咀嚼着正太郎给她点的饭食。她的这种性格，对于男人来说，既有点难以对付，又具有可爱之处。

一年前，正太郎第一次见到妙子。

妙子的家，在神户的三宫①，其父亲在当地开了个很小

---

① 地名，位于神户市。

的画廊,妙子与继母关系不好,高中一毕业,马上离家来到东京,在新宿①的酒吧打工。

妙子很想当新剧演员,但这并不是轻而易举的事。后来她终于考进了某个剧团,在酒吧兼职打工时,认识了正太郎。

正太郎对女孩出手很慢,中意者总是被别人抢走,他初识妙子,即毫不犹豫地穷追猛打。可能就是所谓的一见钟情。

他每天都去妙子那里,坚持了半年,最后追到了手。又过了一个多月,他们就同居了。妙子也把酒吧的工作辞掉了。

正太郎盘算着及早结婚,但是他在水户某个小学当校长、秉性耿直的父亲,却怎么也不同意。理由是妙子在酒吧打工。既然这样,两个人就打定了主意:那就从简结婚吧!

妙子前两年一直埋头演戏,可能她后来意识到自己没有多少发展空间,两人同居后,好像逐渐淡忘了演戏的事儿,只是一心一意地和正太郎生活。

妙子年仅二十二岁,总把自己关在家里,让人觉得有些可怜,可出乎预料的是,她是个家庭型的女人,身心全都扑在家务上。有时正太郎工作到夜里一两点才回来,她也不睡,而是一边绣花,一边等他。男人二十八岁,女人二十二岁,

---

① 地名,东京二十三区之一。

人都很中意，年龄也合适，那就结婚好了。可是三个月前的一天，妙子意外地遭遇了交通事故。

那天，正太郎正在TBS旁的咖啡馆里，与导演商讨新节目的布景。突然有人打来电话。什么事儿呢？他接起电话，是警察打来的，说在一个小时之前，妙子被汽车撞了，现在正在医院里。出事地点是自家公寓所在的下北泽公路，好像是她出来买东西时，被卡车撞倒了。

正太郎急忙向导演请假，立刻赶往妙子所在的饭冢外科医院。

正太郎疾步走进病房，看到妙子脸色苍白，正在打点滴。

医院院长说主要的受伤部位是腰部和腿部。腰部只是碰伤。右腿的小腿被保险杠剐去了肉，大骨和小骨都已断裂。

"伤口很深，骨头断裂得比较厉害，必须马上动手术。"

正太郎在门外听完医嘱和治疗方案，回到病房里。妙子哭丧着脸问他：

"我会不会变成残废？"

"没事的。大夫说做了手术就会好。"

"腿上会留下伤疤吗？"

"不会，即使落下，也没什么大不了的。很快就会消失的。"

正太郎虽这样说，实际上并没有把握。

"喂，希望你一直这样握住我的手！"

妙子说着说着哭了起来。

三十分钟后开始动手术。

院长说手术需要一个小时的时间，可能是很难做，实际用了两个多小时。

妙子的右腿，从腹股沟到脚踝都被裹上雪白的石膏绷带，折断处仍微微发红，好像还在渗血。

根据警察的事后调查，认为是妙子经斑马线横过马路时，觉得黄色信号灯亮起，安全没问题，就快步跑起，正巧被卡车撞上了。

"当时觉得有点迷迷糊糊的。"

妙子这样回忆当时的情况。显然是卡车有过错。

"请允许我方负担所需治疗费并予以赔偿！"

卡车所在公司的事故处理人员这样提议。问题的关键是妙子的身体能否康复，这比赔偿重要得多。

从那时起，妙子就开始了漫长的与疾病抗争的生活。

妙子刚做完手术时，正太郎基本上一直陪伴在她的身旁看护着。他也曾担心自己的工作，把工作交给了小他三岁的助手江崎，自己每天去医院守护妙子。

妙子术后一周，拆去了裹在夹板外面的石膏绷带，拆掉了缝合线。此时可以清晰地看到，伤口的边缘已经愈合了，中间部分还露着肉，泅着鲜红的血。

抽掉线后，腿部又裹上了硬硬的石膏绷带，只在伤口部位留出了一个圆形洞口，由此定时地更换纱布。

这样过了月余，妙子的腿部肌肉萎缩，变细了，期间多次缠拆过石膏绷带。

原先裂开的伤口，经过一个月长出了新肉，也排出了一些黄色的脓液。

"因为伤口处感染，中间有点化脓。很快会消下去的。"医师这样说道。

又过了几天，妙子的腿基本上不疼了，但大夫仍嘱咐不能踩地承重，说当下骨头接缝还不够牢固。

妙子的体重本来只有四十二公斤，现在变得更加瘦小了。她那细长而漂亮的腿被绷带缠裹着，她似乎为了掩饰这一点，穿上了又肥又大的长袍。

尽管这种状态，她依然小心翼翼地拄着拐杖，去洗手间或医院的小卖部。

正太郎在病房陪护妙子半个月后，改变了陪护方式，只在早晨或傍晚到病房露一次面。

"我想早点儿出院回家啊。"

"可以问一下大夫,如果只换纱布的话,在家里也能换。"

正太郎也希望她早点儿回家。他们已经同居了一段时间,单身的不便,他现在体会得格外深。

"我不在,你别乱搞女人呀!"

"哪能呢?"

"男人往往忍不住吧。"

"我没事儿。"

说实话,妙子住院之后,正太郎一直没跟女人亲密接触。要是想搞,也有机会,但他想对得住妙子。妙子正独自一人躺在病房里受罪,他不愿意做有违良心的事。

正太郎也许没有意识到,他和六本木一带跑到"星期三的早晨"等酒馆一家挨一家地喝酒喝到深夜,或许是在潜意识地扼杀性的欲望。

"喂,你坐在那儿!"

妙子住进医院一个半月时的一天晚上,时间刚过九点,她用郑重的口吻对着正太郎说。

"你要干吗?"

"甭管我干吗,你坐下!"

正太郎只好坐到病床前的圆凳上，妙子从床上向前探出身子，把手搭在正太郎的裤子拉链上。

"喂，你要弄哪儿？"

"嘘！"

妙子把手抵在正太郎嘴上。

"别人在睡觉呢，你会把人家吵醒的。"

病房是双人间，里面床上住有一个六十多岁的老媪，患有关节炎。看到她背对着这边一动不动，应当是睡着了。

妙子慢慢地把手伸向拉链里面，不一会儿就摸到了正太郎的阴茎。

"阿正可怜，我来给你弄。"

妙子甚是喜爱地用手紧握住正太郎勃起的阴茎，一会又用嘴唇亲吻阴茎顶端。

从那晚以后，每当正太郎晚上到那里时，他就接受妙子这般爱抚，已经习惯了。正太郎之所以晚上去那儿，也是他想要得到妙子的爱抚。

"只让我自己舒服，很是对不起！"

每当行动结束，正太郎总是满怀歉意地小声说。

"不，我是个女人，没事儿啊。"

妙子这么说。反而更勾起正太郎想要妙子的欲望。

"早点儿出院就好啦!"

正太郎或许觉得这样说会使妙子难过,但还是不由自主地说出来了。

三

"你阿正为什么明天就要住院呢?"

"星期三的早晨"的老板娘喝了一口自己喜欢的凉清酒后,问道。

"要截取骨头啊。"

"从哪儿截取?"

"从我身上呀!"

老板娘大为惊讶地注视着正太郎。

"因为在一周前,大夫说妙子的骨头好像接不上。"

"怎么回事呢?"

"她的脚脖子往上一点的部位肉很少,骨头难接。这部位本来就很难接,她的肉又被剐了出来,周围好像又化了脓,引起了骨髓炎。"

"骨髓炎……"

老板娘略为夸张地皱了皱眉头。

"现在基本不流脓了，可一部分骨头因此烂掉了。要以现有的状态正骨，需要在中间培植新骨。"

"还有这种事儿吗？"

"大夫让我看过 X 光片，折断的骨头裂缝确实很大。要治好它，只有在中间培植新骨。"

"那要把你的骨头……"

"需要培植的骨头其实叫自家骨，自身的骨头最好。可是她人那么小，住院后又瘦了一些，只有三十九公斤。再说，取骨的过程也很残忍……"

"骨头要从哪儿取呢？"

老板娘可能是对这种令人恐怖的取骨充满好奇，眼睛亮亮的。

"哪儿都可以，据说骨盆最理想。这部位的后面，出乎预料地有着多块可取的骨头。"

正太郎站起来，用手指了指裤子的后口袋。

"所以，骨盆别名叫骨头银行。"

老板娘一边频频点头，一边悄悄地用手摸了一下自己的臀部。臀部确实长得肉多，中央部分能摸到很宽的骨头。手再往下，就摸到了尾骨。

"那明天要从你臀部取骨吗?"

"从臀部后边取,好像影响人体的起坐,也蹲不下,也许会从前面取。"

"前面?"

"这儿这个突出部分。"

正太郎又站起来,按了按腰部的髋骨凸起部位。

"不需要那么多,光这个突出的部分就够了。"

"这儿也是骨盆吗?"

老板娘一边摸着自己的髋骨,一边问道。

"这是在一个叫髋骨的骨头边上,好像还是属于骨盆。"

"人要是没有这块骨头的凸起部分,活动起来没事儿吗?"

"这骨头好像不是那么重要。这块骨头上附着单位肌肉通到大腿。据说这块肌肉很小,摘除后还能长,不用担心。"

老板娘还在抚弄自己的髋骨。

"只是有个问题,人在穿裤子系皮带时,正好在这髋骨的上方,所以暂时不能系皮带。"

"那怎么办?不穿裤子吗?"

"可以穿吊裤带嘛。"

"也是啊。"

"好像也就疼十多天。"

"必须得住院吧。"

"据说摘掉骨头后,住两三天院就行。"

"那是动大手术啊,光是出血就不得了。"

"妙子旁边那个老太太住的床位,明天就空出来了,也许我和她住在一起。"

"那就是说,一个被取骨头的人和一个被换骨头的人并肩住在一起。"

两个人说到这里,互相注视着对方的脸庞,继而笑了起来。

"还有,那培植的骨头不是自己的,而是别人的,这样也行吗?"

"不管是谁的,只要是人骨就行。过去好像是从胸部摘取肋骨移植培育,近年来做肺病手术摘除肋骨的病例少了,骨头不容易取得。"

"死人骨头也行吗?"

"据说人死后马上冷冻,骨头仍能用,但不能从人家的尸体上硬去摘取啊。"

"那倒是啊。"

"所以,不得不用身边比较亲近的人的骨头。"

"像你所说，有人提供骨头还行，没有人愿意提供骨头可就难办了。"

"最近好像正在研究用牛或羊的骨头做替代品呢。"

"用动物的骨头？"

"好像在进行各种化学试验，设法不让其化脓或产生变态反应。可研究来研究去，还是不如人骨。"

"怪不得呢。"

老板娘郑重地点点头。

"那你今天节酒就是为了做手术吗？"

"麻醉不管用很讨厌啊。"

"全身麻醉？"

"不，局部麻醉，据说手术过程只需要三十分钟左右。"

"那我去看看。"

"不用，不是什么大不了的手术。"

"我是去看看你们两个人是不是很要好地并排躺在一起。"

"我这个手术是光摘取骨头，很简单，没事儿，她可要把伤口全部打开，移植新骨。"

"那我就不去啦。我送你条吊裤带好吗？"

"真的吗？"

"我找条好的,明天或者后天给你送到医院去。那吊裤带可以随意地调节长度啊。"

"没用过,不太清楚。"

"我的父亲很胖,我见他系过这东西。"

老板娘说到这里,又小口喝凉酒。

"你真是了不起啊。"

"什么呀,你怎么会这么说……"

"为了自己喜欢的人而把自己的骨头摘掉,这真是爱之入骨啊。"

"没办法嘛。"

"将你自己的骨头植入你所爱的人体之内,是很浪漫而优雅的。妙子该是多么幸福啊。"

"不知她作何感想,我现在只能做到这一点儿。"

正太郎略显羞涩地把酒杯送到嘴边,欲张口饮用,可能是突然想起了明天的手术,又轻轻地把酒杯放回到柜台上,一口没喝。

四

第二天上午九点,井田正太郎赶去妙子所住的下北泽①饭冢外科医院。

术前所必需的血检和尿检均已结束,只等动手术了。正太郎在向传达室报告了姓名后,径直跑去三楼妙子所住的病房。

妙子看到正太郎,把正在阅览的周刊杂志放在枕边,爬起身来。

"你的手术要开始了吗?"

"据说十点开始,你呢?"

"好像是下午两点开始做。"

"那就是说,今天上午从我这儿摘取骨头,下午再给你

---

① 地名,位于东京世田谷区。

植入体内。"

"真是对不起！让你跟着我受罪，还要摘取骨头。"

"没事儿。可能手术后，我也会住在这儿吧。"

"护士说可以，但大夫不太赞成，说男女不宜住到一个病房里。"

"可我们并不是外人。"

"好像护士把大夫说服了。"

"那当然好啦。"

正太郎在空着的床位上坐了下来。

"我可能和你在这里住三天吧。"

"你的伤口也一定会很疼的。真的对不起！"

"别说这些啦！我是期待着你痊愈才来这儿的。"

正太郎装出很刚强的样子来。他从来没做过什么手术。到底能不能忍受得了手术的疼痛？麻醉不管用以后，会疼到什么程度？骨头被摘除后，伤口何时愈合？他心里没底，想起来总有点惴惴不安。

"阿正，我身体康复之后，一定拼命地报答你。"

"我说过不用嘛。可能'星期三的早晨'的老板娘要来，说要送吊裤带给我呢。"

这时，护士敲门进来说："准备做手术！"

正太郎走下楼梯，来到手术室一看，护士们缠着头巾，戴着口罩，已经开始洗手消毒了。

正太郎斜视着护士，脱掉上衣和裤子，只穿着裤衩躺到了手术台上。

"请侧侧身子！"

裤衩也被护士脱下来，正太郎被以凸显小腹骨盆的姿势固定在手术台上……

"别太疼……"

正太郎闭目祈祷，感到小腹部位有种冰凉的感觉，似乎在被注射麻醉剂。

"手术刀！"

听到主刀医师的呼唤，好像手术已经开始了。

可能是用了麻醉药的缘故，正太郎基本感觉不到疼。而听到医师说"打开！"的时候，加上金属器械的撞击声，令他开始担心手术的后果。

突然听到一声沉闷的响动，自己的腰身随之晃动了一下。

好像是在用榔头敲凿子，欲把骨头剔下来。

虽说是做常规手术，摘骨也好像是相当原始的作业。但榔头每敲击一下，骨盆就震动一下。难道骨头上没有神经吗？虽然没觉得疼，却觉得挺可怕。

正太郎闭着眼睛，任人"宰割"。

"自己被摘下的骨头要移植到妙子的腿上。只要自己忍耐，妙子就能治好……"

正太郎耳朵听着锤击声，嘴里不停地念叨。

不一会儿，锤击停止了，正太郎听到医护人员对话。

"这样就行了吧？"

"再摘点儿也行。"

对话之后，他又感觉到有沉闷的撞击。这种冲击持续了两三次，同时听到骨头和硬东西碰撞的声响。好像是去掉骨头的表层后，再用汤匙一般的器具，进一步地剜骨头里面的东西。

正太郎的骨盆凸起不见了，那会怎么样呢？虽然大夫说这块骨头用处不大，但从外表看上去，会使人觉得异样。不！即使形状有些异样，也没多大关系。只要妙子的腿能治好，即使他自己有些异样，也在所不惜。

当他思考这些问题时，时间又流逝了十分钟。

正太郎感觉到最后的撞击已经结束，又听到有人说要再剜一会儿。

"行了，这么多就可以了。"

主刀医师这么说。护士便凑过来说：

"已经结束啦。只差把伤口缝合起来啦。"

主刀医师对正太郎说话。

正太郎放心地吁了一口气:我好像忍住了,终于熬过去了……

又过了四五分钟,遮盖在正太郎脸上的布被拿掉了。

"今明两天去洗手间时,一定要用拐杖。不要乱走动,要在床上乖乖地躺着!"

主刀医师说完,走出了手术室。

走路也罢,不走路也罢,当下正太郎的大腿根儿周围好像麻木了,想走也走不动。

"摘了不少骨头吗?"

正太郎在手术台上挺起上半身,侧脸问护士。

"您想看吗?"

正太郎战战兢兢地点点头。护士便把器械台上放着的玻璃盘拿到正太郎眼前。

"这些都是啊。"

直径十厘米的盘子上放着大小不同、形状各异的骨头。有的像木片,有的像指甲,有的像金米糖,都或多或少地带有血迹,颜色发红。

"这都是我的骨头吗?"

"是啊。这么多足够啦,也许还多了点儿。"

正太郎心里感到不快,把脸偏转过去。

正太郎乘搬运车来到妙子住的房间,妙子见状,马上拄着拐杖,疾步过来。

"很疼吧!"妙子安慰正太郎。

"没什么大不了的。"

正太郎笑了笑,可能是麻醉药物开始失效了,其伤口周围已变得有些僵硬。

"谢谢你!"

妙子把脸颊凑过来,轻轻地吻了吻正太郎的嘴唇。正太郎一边闭着眼睛享受亲吻,一边沉浸在那种壮举般的满足感中。

五

　　大约过了十天，接近九月底的一天晚上，井田正太郎又来到"星期三的早晨"。

　　当日的午后下过秋雨，八点多钟正好是客人稀少的时间，店里只有一组客人坐在柜台前，显得有些冷清。

　　"哎呀，你身体康复了吗？"

　　老板娘当时正坐在两个客人中间，见正太郎到来，便站起身来，走到正太郎旁边。

　　"谢谢你上次送吊裤带给我，谢谢！"

　　"现在还系着吗？"

　　"瞧，系着呢。"

　　正太郎将灰西装的前面打开让老板娘看。看到他在衬衣上面系着老板娘送给他的细花纹吊裤带。

　　"我刚做完手术时，躺在床上，用不到，就交给护士保存啦。"

"我要出来走走,主管护士马上就给拿来啦。"

"一间病房前排列着阿正和妙子的姓名卡片,挺可爱啊。"

"别开玩笑啊!"

正太郎虽然有点羞涩,却仍喜形于色。

"那骨头如愿摘取了吗?"

"摘取了。你想看看伤口吗?"

"哎呀,能看吗?"

正太郎立即站起来,解开吊裤带。

老板娘觉得多少有点恐惧,她本来是个好奇心很强的女性。当下却以严肃的神情,静候在一旁,里头的两个女孩儿闻讯也靠了过来。

"阿正说要让我们看看他摘取骨头的地方。"

"哎呀!摘骨了!"

正太郎在三个女性的专注目光下,拉开拉锁,松开裤腰。

尔后慢慢地将里面的白色裤衩褪下,挺起左侧小腹。显露出骨盆突起处那五厘米长的纵向伤痕。

"就是从这儿摘的吗?"

"对。可以摸摸!"

"不疼吗？"

"摸摸没事儿。"

老板娘小心翼翼地用手碰了碰。

"凸起没有了吧。"

"真是不明显了。"

老板娘摸了一会儿后，又从裙子上面抚摸自己的相同部位。

"肥胖的人可能不太明显吧。"

"没那回事儿。我一下就摸着了。"

"要是胖得摸不着骨头，可不得了啊。"

女孩儿们一起笑了起来。

"很疼吧？"

"哎呀，还行。"

说得倒是轻松，其实动完手术的那天夜里，他很疼很疼，无奈一边呻吟，一边陪着妙子过夜。

"那妙子呢？"

"我做完手术的当天，她就做了移植手术。好像还需要一个半月的时间，才能完全长好。"

"还得那么长时间啊。"

"医生让我看过 X 光片，从我身上取出的骨头，已经整齐地安放在妙子打开的两块腿骨之间了。"

正太郎不无得意地说。

原先妙子的两根腿骨已变得很细,相隔有近两厘米的距离,现在从新的 X 光片上看,两根腿骨之间已无空隙,全被正太郎的骨头填充了。

"这次应该没问题啦。"

"我的骨头是很结实的。"

正太郎边说边提起裤子,用吊裤带固定住。

"今天可以喝酒了吧?"

"可以,要一直喝到早晨。老板娘、大家都要喝!"

"我还不能系腰带呢。"

"吊裤带要比腰带好用。"

正太郎把自己酒瓶里的威士忌酒,斟到老板娘和两个女性的酒杯里。

"那就祝贺你痊愈啦!说痊愈有点不恰当。因为你不是生病。"

"那就说祝贺摘骨顺利、手术成功吧……"

大家一边笑,一边把酒杯送到嘴边。

"希望你别忌讳,也别伤了情绪,摘掉那部位的骨头,穿游泳衣就不合适啦。"

"我并不穿游泳衣啊。"

"就是不穿游泳衣,一边扁扁地瘪下去……"

"要是当人体艺术模特,还应当讲究形体,我是普通男人,并没有什么啊。"

正太郎高兴地喝干了双份威士忌。

六

自此之后，正太郎一周来"星期三的早晨"两三次。

大约过了半个月，正太郎的身体痊愈了。又经过半个月，就是使劲儿系皮带，伤口处也基本上不疼了。他想着再换回布腰带，但吊裤带已经用习惯了，而且觉得很方便，就没再换。

再说秋天快到了，像夏天那样穿衬衫的人逐渐减少了。

又过了两个月，来到十二月初。有一天，正太郎又来到"星期三的早晨"，脸上显露出忧愁的神色。

"怎么啦，阿正！垂头丧气的。"

老板娘用关切的口气问道。正太郎慢条斯理地点燃一支香烟，忧虑地说："又要做手术啦。"

"不是上次做完骨头移植手术了吗？"

"好像上次没做好，还要再做。"

"为什么？"

老板娘像往常那样小口撮酒杯里的凉酒。

"医生说做骨头移植，周围的肌肉和皮肤要好，血液循环也要好，营养还得跟得上，就容易成活。可是，她腿上好多皮肤和肉被剜掉了，没被剜掉的肌肉也已经衰弱不堪了。"

"上次移植过去的骨头怎么样了呢？"

"一部分因感染化脓被顶出来了，一部分还留着里面。但好像白不呲咧地死掉了。"

"骨头也会死吗？"

"是啊，就是长得不好吧。"

老板娘夸张地皱了皱眉头。

"那要重做吗？"

"是啊，明天就做，这次好像从右边摘取。"

正太郎用手指了指右侧腹部的髋骨。

"真是不得了啊。"

"没事儿，我有的是骨头。臀部、腿部、腰部，哪儿都有，随便取。"

正太郎有点无所顾忌地从臀部啪哒啪哒地直拍到大腿，让老板娘她们看。

"要多少骨头都有，只要能早点儿治好妙子的病！"

这是正太郎真实的心情。

如果上次手术顺利地治好了妙子的腿,按常理来说,他现在已经结婚了。

"只是现实情况太糟糕啦。"

正太郎这么说,老板娘也无话安慰。

正太郎注视着酒杯里的威士忌,突然若有所思地改变态度说:

"既然这样,就要抱定和她的腿生死与共的决心。先要三番五次地给她移植骨头啊。"

正太郎说完,又大口地喝起威士忌。

第二天上午,正太郎接受了第二次摘骨手术。还像上次一样,上午正太郎摘取骨头,下午给妙子植入体内。这次正太郎向电视台请了一周的假。

"还要摘取你的骨头,真是对不起!"

再次做手术的那天早晨,妙子不无歉意地说。

"这种事儿,我一点也不在乎。只要你能快点儿好起来!"

"你这么说,我很感谢,可是结果很难预料啊。"

可能是因为上次手术吃过苦头,结果又是失败。妙子好像没有信心了。

"昨天护士给拆石膏绷带,我看到自己的腿比老太婆的还细,净是皱纹,也许治不好啦。"

如同妙子所说,她那条裹了半年石膏的大腿,的确像枯木一样瘦,脱落的皮肤像鱼鳞一样扑簌扑簌地往下掉,小腿也是乌黑而干瘪。

单看腿部,无法判定这是年轻女性的腿。

"这次术前我补充了很多营养,能摘到好的骨头。"正太郎满怀希望地说。

"你的骨头再好,移植到我这儿未必成功啊。"

妙子说到这里,又哭了起来。

妙子与疾病抗争了半年之久,两次手术又毫无起色,好像变得更加脆弱了。

说实话,正太郎也有点累了。起先,他一有空闲,就往医院跑,这阵子却有点儿懒得去了。虽然他对妙子的爱没有变,却产生了等闲视之的想法,觉得用不着一去就是一天!

"怎么不积极来了呢?"

妙子问正太郎,正太郎不高兴地保持沉默。于是,妙子赌气说:

"干脆让人截肢好啦。"说完,呜呜地哭了起来。

"别这样,别这样!"

如果真的将妙子那条漂亮的腿截去,岂止是可惜。只要再次移植骨头并成活、滋养,她的腿应该能够复原。

"需要移植的骨头,我身上有的是,我们一定能坚持到最后!"

正太郎又变得温柔而体贴了。

"真的无论需要多少,都给我移植吗?"

"那当然。"

如果真的需要,那就任凭医生从自己身上摘骨。假如自己的骨头移植到妙子体内,那就足以证明自己全心全意爱妙子,为此当然可以在所不惜。

"阿正,我相信你。"

此时,妙子流有泪痕的脸上绽放出了笑容。

经过第二次手术,正太郎骨盆前面的髋骨两侧都被削除了。

他光着身子照镜子,看到自己的小腹两侧留有同样的疤痕,髋骨的凸起部分没有了,腰部与腹部连接得像圆筒一般了。

他本来就体形瘦弱,现在更觉得腰部以下无所依靠。

因而他不得不一直系着吊裤带。电视台的同仁们以及与美术相关的伙伴们,送给他一个有特征的绰号,叫"系吊裤带的阿正"。

"星期三的早晨"的老板娘看到正太郎腰部两个平行排列着的疤痕，不知是惊讶还是赞叹，一个劲儿地嘟囔："太厉害啦！"尔后又评价手术做得好。

与其说手术做得好，莫如说是被摘骨的正太郎人好。

"那妙子怎么样了呢？"

"我觉得这次没问题。因为看X光片，骨头比上次接得牢固。她已经是第三次做手术了，挺可怜啊。"

"阿正是从心里喜欢她啊。"

"现在不能离开她太久。不知为什么，这阵子她特别爱哭，而且哭起来让人没辙。"

"你可以对她温柔，但是不能过分。"

"什么意思？"

"对女人温柔，她就想撒娇，反而让你受不了。"

"可能是吧。"

年轻的正太郎不太了解女人微妙的心理。但对于做过三次手术，经历过长时间痛苦的女人，他觉得应当全力守护她，这是相爱之人的责任。

"妙子的病治好了，我会隆重地庆祝一下，希望老板娘也来参加。"

七

正太郎忙于赶制新年播放的新电视节目布景，连续两天加班到深夜。第三天略有空闲，他赶紧跑到医院，结果看到妙子正在哭。可能已经哭了很久，眼睛都肿起来了。

"你怎么啦？"

正太郎问。

妙子抽抽搭搭地哭了一会儿后，小声地说：

"大夫说还要做手术。"

"你说什么？……"

"据说还不成功。"

"那是什么大夫，不就是庸医吗？不能再找这样的大夫治了！"

"等等，等等，阿正！"

"什么呀，他们别再欺负人啦！"

"不是啊,大夫和护士都很尽力,只是我的身体不好。"

"可是……"

"你还能再给我移植骨头吗?"

"当然没问题。"

正太郎有气无力地嘟囔道。

"这事儿本来不是疑难问题,怎么老做不好呢?我去问问大夫!"

正太郎跑到医护办公室,医师把昨天拆开石膏绷带给妙子照的X光片挂在荧光板上,给他做说明。

"骨头确实接得不太好。"

"这已经是第三次手术了。"

正太郎确实不能再沉默了。

"的确是反复三次了,也实在抱歉,她的伤口周围的皮肤和肌肉都被损坏了,这是很要命的问题。"

"不是做过皮肤移植吗?"

"是做过。也尝试过努力让肌肉隆起,但始终不能形成自然状态。我不是没做成功,才这么解释。我认为这部分恶化的骨头是极为难办的,你找任何一家医院的任何一个大夫治,结果都会一样。"

"那您说怎么办?"

"从结果上看,我想最好的办法是截肢。"

"截肢?……"

"我们也在尽力地做保守治疗。"

对于妙子腿患的难治,正太郎也承认。如今走到这步,再去截肢,那就太遗憾了。

"妙子还想再做一次移植。"

"我只是说骨头接得不好,还没确定截肢。"

"再给她做一次吧,我继续给她捐骨。"

"再这样做,结果难以预料,我觉得再移植骨头很难成功。"

"那还是要截肢吗?"

"我认为与其做不成功,还不如直接截肢。"

"不能再想办法把腿留下来吗?"

"很难,容我再考虑一下。"

"请务必想个不截肢的办法!"

正太郎回到病房,看到妙子躺在床上,精神恍惚地凝望着窗口。

"我问了医生,医生没说怎么不好啊。"

正太郎轻轻地抚摸着妙子的头发,妙子舒适地闭上眼睛。

"虽然说骨头接得不理想,但比上次要好。如果实在不行，还可以再移植，你放心吧！"

"你真的还为我捐骨头吗？"

"当然啦。"

正太郎握着妙子的手，肯定地点点头。

"你别再哭啦！"

正太郎说着拿起毛巾，给妙子擦了擦带有泪痕的脸庞。

八

一周后的一天深夜,时钟已指向次日一点,井田正太郎跟跟跄跄地来到了"星期三的早晨"。他已经喝得站不住了,是名副其实的酩酊大醉。

已经到了店里的打烊时间,老板娘正欲关掉正面的照明灯,正太郎突然用肩膀奋力顶开门,扑了进来。

"怎么啦,阿正!"

老板娘满脸疑惑地问。正太郎不搭话,扶住近处的柜台,一屁股坐了下来,大声喊道:"威士忌!"

"你不能再喝了,已经多了!"

"没事儿,给我威士忌!"

没办法,老板娘使了个眼色,让女孩儿给他勾兑极为稀释的威士忌。

正太郎一口喝下杯中的一半酒,尔后啪嗒一声趴倒在柜台上。

以往正太郎凭年轻身体棒，可以喝很多酒。但这一次他醉得特别厉害。

"坚强点儿！阿正！你怎么啦？"

老板娘轻拍正太郎肩膀。正太郎只是趴在那里一动不动地嚷道：

"死啦！"

"谁死啦？"

"妙子那个傻瓜。她今天早晨从医院的房顶上跳下来摔死啦。"

"你说什么？……"

"真是个傻瓜！"

正太郎大声喊道。想要离店的客人也禁不住驻足观看。

"你好好地抬起头来，慢慢地说说情况！"

老板娘扶着正太郎的肩膀，拨开他遮掩着脸庞的长发，关切地说。

"她今天早晨自杀啦。"

"不许开玩笑！你是瞎说吧？"

"真的。"

正太郎随即从裤子口袋里掏出一张随意折叠的、满是褶皱的信笺，扔在柜台上。

"看看吧！"

老板娘把信笺慢慢地抚平、打开，只见带有花卉图案的信笺上，有一段像普通女人书写的、笔法生硬且有点向右挑的话语：

致我所爱的阿正

阿正：

我给你添麻烦了，真是对不起！我非常感谢你对我的各种照顾！对于你的恩情，我一生不会忘记。不！我就是结束了荒唐的一生，去到那个世界，我也绝不会忘记。

我是托你的福才活到现在的。

但是我已经不再需要什么了。你给过我很多鼓励，我知道腿是治不好了，也知道唯一的办法是截肢。

我起先想，就是截肢我也还想活，可是你说你还要给我捐骨，我才决定死掉的。

说实话，你还要给我捐骨，我感到很高兴，也是因为这样，我才活到现在的。你捐骨之后，躺在我身边时，我感到幸福极了。

看到别人在痛苦而自己觉得幸福是很荒谬的，但实情就是这样，没办法。

现在，我可以在你的精心呵护下死去，可以在你给过我很多的热情和体贴中满意地死去。

何况，我身上还有你的骨头。原先你体内的骨头，与我的血肉和骨头掺杂在一起，如今都还活着。

现在，我可以带着你的骨头一起死去。

我的一生虽然很短暂，但我感到很幸福。在这个世界上，有这样的好人爱我，这样的好人体贴我。我想，不是所有的女人都能获得的。我现在就想在这种最幸福的时刻死。

我死了以后被烧掉，你要拿到我腿内与你的骨头相连的骨灰，保存起来！作为我们爱情的见证。

我死了，你别忘记我永远和你在一起。我想你的腰部有伤，缺少骨头了，我想你不会忘记的。不过，男人是靠不住的。

这样我就可以放心地死了。

真的谢谢你！我现在很幸福。

再见！

妙子绝笔

老板娘看完信，依照原样折成三折，放回正太郎面前。观看的客人可能觉察到两人表现出的异样气氛，赶紧走出店去。老板娘仍然表情严肃地端坐在阿正身旁。

女孩儿把客人送到电梯旁边。店里只剩下老板娘和正太郎。

"竟然真的自杀了……"

老板娘嘟囔了一句，尔后进到柜台里面，往酒杯里斟凉酒。

"那家伙真傻！是个愚傻的大混蛋！"

阿正揪了揪头发，舞起拳头，咕咚一声砸向柜台。

"是那个卡车司机杀了她，不，是那个庸医杀了她。是他们一起夺走了妙子的生命。"

"阿正，不应当这么说啊。"

老板娘点燃一支外国香烟，带着冷峻的表情说。

"应当说是你杀了她！"老板娘把目光移向正太郎。

"怎么是我杀的呢？我拼命地照顾她，还给她捐骨，凡是能做的我都做了……"

"她是通过要你捐骨，来确认你对她的爱。"

"我不懂……"

"对啦，你是弄不懂女人的这种心思的。"

老板娘侧过脸去，边说边用悠然自得的神情大口地喝凉酒。

"你弄不懂，倒是你的优点，或者说这是男人的特点。"

正太郎又伏下身，颤抖着肩膀哭起来。

"妙子，妙子，你得再醒醒啊！"

正太郎抽抽搭搭地哭了一会儿，待他安静下来，老板娘开始低声细语地劝慰正太郎。

"她那样死了，又不是恨你而寻死，她不是说她是很幸福地死去的吗？"

"……"

"我说的对吧？那就应当为她的遂愿而祈祷。"

"……"

"什么时候办葬礼？"

"后天回到神户后再办……"

正太郎仍紧抱脑袋，低声回答。

"这封遗书，你要好好保存着，拿给她妈妈看！阿妙的腿骨骨灰我来捡。"

老板娘说完，开始默念"阿妙安息"，同时收拾起放在柜台上的空酒瓶。

恋
寝

一

"哎呀,你这就要走吗?"

坐在柜台头上的男人刚刚站起来,柜台里面的老板娘就急急忙忙地凑过来留他。

"刚来不久,再待会儿吧!"

"不啦……"

男人把衬衫的袖口往上推了一下,看看手表,时间正好十点半。

"天刚黑一会儿就走。明天要早起吗?"

"不是。"

男人露出困窘的表情。

"怎么最近突然变得认真啦。"

男人名叫川津权之介。名字容易给人一种可怕的联想,其实人很和善。他不管什么时候来到这里,都是很平静地默默饮酒。

据他自己说,他家是信州的地主,家人的名字代代都加个"权"字,故形成这种风格的名字。

"此乃老派作风,现在再取这样的名字有点不合适啊。"

他一边这样发牢骚,一边给自己上高中的独生儿子取名"权之进"。

在"星期三的早晨"这家酒馆里,老板娘和女孩儿都管他叫"阿权",好像其他店里也这样称呼他。他体格健壮,脸有点长,其走路不出声的习惯与"阿权"这个名字很符合。

权之介今年四十五岁,经营一家叫作"共荣企划"的公司。公司的业务包括室内装饰、映描和艺术字书写等项目,工作内容比较宽泛。公司地址在六本木,专属职员至少有十人。

店里的女孩儿用"阿权"来称呼这位总经理是很不礼貌的,然而,权之介似乎并不介意。偶尔陪他一起来店里的下属职员会及时更正:"要叫总经理!"他本人会劝解说:"哎呀,没事儿。叫什么无所谓。"

广告和室内装饰业界竞争比较激烈,但是阿权却给人以不忙不乱的感觉。也许他本人很注意自身形象,也可能是身材高大的缘故，看了让人觉得赏心悦目。因而阿权在酒馆这种地方，也是很受欢迎的人，他作为室内装饰企划公司的老板，在六本木①、赤坂一带，也是蛮有名的。

阿权自从三年前承包过"星期三的早晨"的内部装修后，经常光顾这儿。他接手装修的店铺不计其数，却对这家店情有独钟，自我感觉是得意之作。

他经常一个人来到这儿，并暗自得意："嗯，这儿装修得挺不错。"

一般说来，他接手装修过的店铺，事后都出于礼貌去那家店铺一两次。而他连续好几年都来这儿，是很少有的。

钟情于"星期三的早晨"，不仅是因为阿权对店铺装修的留恋，还出于他喜欢店里老板娘坦率的性情。

对老板娘来说，阿权是个无需客套的温和客人。最现实的好处是他按时付款，从不欠账。同时还会带来一些赤坂、六本木一带的社会状况及突发事件的消息。

再加上他们之间年龄相差一旬，纵有这种交情，完全出自于偶然。两人出生的月份都是十月。可能这就是所谓的意气相投。

---

① 地名，位于东京港区北部，是著名的繁华街。

因为关系融洽,自家店打烊后,老板娘常跟阿权去别的酒吧喝酒。

一般是阿权主动带老板娘去,老板娘觉得只要和阿权一起,喝到多晚都不要紧,没什么可不放心的。可能是阿权身材高大的缘故,他无论喝多少都没事儿,最后还得把老板娘送到公寓。两人之间当然不会涉及性关系。

老板娘脑瓜聪明,风韵犹存,她曾以为自己年过四十之后,身材发福,就不会再有男人愿意接近自己了。想不到五十多岁了,还有男伴陪着喝酒。当然,他们的友情是纯洁的,何况阿权家里还有个小他一岁的爱妻。

老板娘曾经到阿权家里,见过他太太一次,他的太太虽然身材矮小,却很招人喜爱,看上去不像四十多岁的人。公平地说,他太太是个美人,阿权多少有点土气,似乎配不上他太太。

"你太太那么好,你每天应该早点儿回家。"

老板娘经常这样规劝阿权。可阿权一旦喝起酒来,什么都忘了,常常喝到深夜一两点,有时甚至喝到凌晨四点。原以为他第二天休息,可打电话一问,上午十点就在店里工作了。

他已届四十五岁,从这一年龄段看,他有着十分旺盛的体力和精力。

"你喝那么多，怎么就没事儿呢？"

老板娘问阿权。阿权答："怎么没事儿？我老想睡觉。"

据说他喝过酒，马上就躺在床上，躺下就入睡，如同有个睡眠开关。他从赤坂用车送老板娘到青山的公寓，一路在睡觉。老板娘下车时，不忍叫醒他，就对司机说："总经理家在新宿前面的方南町，到了他家附近，再把他叫醒吧！"

他在车里熟睡，迷迷糊糊回到家，接着倒头大睡。也许这样贪睡，体力才恢复得快。

总起来看，阿权比较喜欢喝酒，对喝酒的欲求远远胜过喜欢女孩儿。

只是最近一段时间，他一到晚间十一点，就斩钉截铁地放下酒杯，回家去。

他原先会每月带老板娘和女孩儿一起到其他酒吧喝一两次酒，最近也不招呼她们了。

相反是老板娘约他出去，主动对他说"今晚一起喝酒吧"，他好像不以为意，出于礼貌地应付其事，只是回答"好啊"。

"您是不是身体不舒服啦？"老板娘问。

他简单回答说："没事儿。"

"很可疑啊，你是真的直接回家吗？"

"当然啦。要是认为我撒谎，可以跟着我看看！"

"要是出去乱搞女人，我就告诉你太太！"

"我不会乱搞的，老板娘应当清楚我是什么人嘛。"

他是个洁身自好的人，说的应该是实情。但是男人在别处干了什么，她实际并不了解。

"你太太病刚好，要好好对待她！"

阿权的太太做过子宫癌手术，一个月前刚出院。

"那我走啦。"

阿权从门口挂衣处拿起外套，老板娘从后面帮他穿上，且边伸手边说：

"总觉得有点可疑。你是直接回家吗？我会往你家里打电话的。"

"打吧！"

阿权不慌不忙地弯一下腰，稳步走出门去。

二

四个月前的七月末,权之介的妻子系子查出得了子宫癌。

系子从半年前就总说腰部发酸和小腹闷痛,并时不时躺在床上,妻子和权之介误认为是干活累的,就没怎么在意。

系子原本体质羸弱,却没得过什么大病,反倒是身体结实的权之介,经常会因为感冒而卧床不起。

"你该不是到更年期了吧?"

"应当不是,还早啊。"

又过了些日子,系子阴部开始出现血斑。起先以为是例假,但时间对不上,出血的样子也与例假不同。量很少,却一直不间断,小腹闷痛得更厉害。

她仔细观察了一个月,没有好转的迹象,才决定去妇产科医院做检查,诊查的结论是子宫癌。而且是第二期初始阶段,癌细胞已经扩散到子宫周围,需要马上动手术。不容分说,她被介绍到世田谷的国立医院,做子宫切除手术。

不用说,系子很惊讶,权之介也很狼狈。

系子从未生过病,突然得了癌症,而且还要摘除子宫,他俩的震撼可想而知。

手术方案确定之后,系子曾战战兢兢地问过医师:

"做了手术,子宫就全部没有了吗?"

医师对系子的提问露出莫名其妙的神色,但还是静心作答:

"因为是子宫癌,只有全部摘除才不会危及生命。"

"怎么全部摘除呢?"

"现在不是摘不摘除的问题,而是生与死的问题。没有子宫会很痛苦,但总比死强。"

医师的话,有充分的科学依据,也能够被他人理解。但是对女患者来说,失去子宫跟死亡差不多。活着没有了子宫,还不如死了好。

"摘除子宫也没什么事儿吗?"

"那就不是女人了……"

"女人好像会这样想,其实这是错误的。女人有没有子宫,也都是女人。"

"但是不能生孩子了……"

"确实是不能生孩子了。好在太太你已经有一个孩子了,再说现有的子宫也不能生孩子。"

"还有例假……"

"这个也不会存在了。女人阴部持续地出血,令人不舒服,反倒不如这样舒畅。"

医师所说的话,她完全能够理解。但要摘除自己身上的子宫等器官,她还是有抵触情绪。

"怎么会这样呢?"

听起来就是发牢骚,医师对此也不予理解。

"有些人错误地认为,女人没有子宫就不能再称之为女人了。其实女人的性征是多方面的。说得简单点儿,子宫只不过是一个孕育胎儿的袋子,如果不生孩子,就不是多么重要。"

系子年已四十有余,也不想再生孩子了。

"再说没有例假。说起来,例假只是卵巢分泌荷尔蒙和排卵的周期反应。人没有了子宫,只要有卵巢,女性荷尔蒙还会如期形成。女性性征最根本的东西是卵巢,子宫只是它的分公司。"

听了这些话,系子认识到子宫切除的必要性。但一想到日后没有了子宫,就觉得委屈至极,难以按常理痛快地接受。

这是无法用语言来说明的女人的感情。

"亏你发现得早,能及早清除病患,可以从根本上治好,你应该觉得幸运。"

对于这一点,系子也清楚。她知道癌症的治疗原则是"早发现、早治疗",不及早做手术就会丧命。

也可以说是正是因为知道利害,才感到内心痛苦。

"很多人手术前思想负担很重,动完手术后,反倒说好。觉得心情舒畅,不会再因腰酸和出血而痛苦啦。"

"……"

"再说,这也许是多余的话,女人摘除了子宫,对房事不会有什么影响。"

系子惊讶地注视着医师。

"做手术只是打开腹腔,摘除子宫,不涉及其他器官。手术对房事是没有任何影响的。"

对于子宫摘除后的性生活,系子曾断定:术后肯定不行啦。

"我不想这方面的事儿……"

"可是,这个问题也很重要。"

也许系子现在确实没有富余时间想这方面的事。

"总而言之,做了子宫切除手术,很多事情都没什么大的影响。"

医师最后嘟哝道。

的确,这是一种现实的状况。人只要超越悲哀,就能泰然自若且健健康康地活下去。

系子向医师打听了这么多,也许就是为丧失子宫所做的一种心理准备。

三

一周后，系子如约做了手术。不用说，连病灶带子宫一并摘除了。

"手术还是早点儿做好，再晚点儿会扩散到周围器官，那就没救啦。"

医师既然这样说，系子对手术的及时和效果，还是感到庆幸。

失去了子宫当然会觉得悲哀，但活着才更有意义。

"这个手术无碍其他脏器，过两个星期，伤口就会好，就能出院。"

果如医师所说，一周后拆了线，第十天就可以自由地在医院里散步。

腹部的伤口在脐下，横着一条直线，足有十二三厘米长，至今还留有线的穿痕。伤口愈合得很好，用手碰或者推都感觉不到疼。系子常常端详着小腹思忖：子宫就是从这儿取出来的吗？外表怎么看不出空缺来？

又过了两个星期，系子跑步或下蹲都无妨了。术前的阴部出血和腰腹的疼痛也都远去了。自身感觉舒畅多了。

常言说得好："车到山前必有路。""柳暗花明又一村。"

术后一个月，系子又到医院做伤口周围的放射线治疗。

"有癌症复发的可能性吗？"系子惊惶地问道。

"我们首先期待完善，为了慎重起见才为你做放疗，你不用担心！"医师好像很有信心。

过了约两个月，放疗也结束了。

"已经没问题啦。过三个月再来检查一次就行。"

"谢谢！谢谢！"

系子连声道谢。医师点点头，凭着高兴劲儿，不无幽默地说：

"你可以和丈夫行房啦！"

"……"

"做手术并没切与之相关部位，请放心！"

系子点点头。可她并没有行房的愿望。

确实，手术只是做在小腹部，把子宫摘除了，其他器官秋毫无犯。

看看书就知道,子宫下面连接阴道。把小腹里面的子宫摘除,会在腹内留下多大的空间呢?

是子宫在腹内的位置空着呢?还是肠子或者其他什么组织挤过来,把那儿填充了呢?看看书上所印的女性生殖系统画图,总觉得不可思议:阴道上面那么大的一个东西没有了,而对日常生活基本没有影响。再仔细看,子宫的前端还是与阴道上部直接联通的。

摘除了完整的子宫,阴道上部的状态当然会发生变化。改变了的形状能对房事无影响吗?

行房肯定是可以的,但感觉还能如初吗?也许会截然不同吧!

系子想这想那,觉得很郁闷。在别人看来是神经过敏。

话虽如此,人好像就是一种任性的动物。

做手术之前,祈祷自己能得救。术后身体康复,又担心没了子宫对生活有负面影响,甚至还想一些害臊的事情:能否再像先前一样行房取乐?祈祷生存的时候,对日后行房的担忧和烦恼则是奢侈的。

然而,人就应当快快乐乐地活一辈子,这对系子来说,是颇为合理的迫切追求,对丈夫权之介来说,也一样。

在系子生病之前,权之介和系子的夫妻生活,基本上是一周进行一次。

结婚快二十年了,作为已近天命之年的夫妻来说,频率说得过去。

系子患病以后,两人的夫妻生活暂停了。

到系子去医院检查时,已满四个月。

"很是对不起!"

系子在医院里冲着权之介的背影道歉。

自己生病,不能满足丈夫的性需求,有失妻子的本分。

"你最近怎么解决那方面需求呢?"

时过两个月时,系子直截了当地问丈夫。

"管得太多啦!我已经四十五岁了,没那事也行。"

权之介说得从容不迫,无论他是不是安慰妻子,系子反倒很介意。

自己不能陪伴时,丈夫是怎么解决的呢?从过往来看,丈夫也没有乱搞女人的迹象。

系子知道丈夫爱喝酒,对女人不是很感兴趣。他喝醉酒回到家,马上上床打呼噜睡觉。可能在他的潜意识里,酒后酣睡要比搞女人更有兴致。

再说,他那种令人难以捉摸的个性,也不怎么讨女性喜欢。

他性情比较温和，公司或酒吧的女性，跟他探讨个人问题，也仅限于探究和讨论，没有什么非分之想。

　　他虽身材魁梧，但欠缺阳刚之气，不会积极发展与女人的暧昧关系。

　　与他常年在一起生活，系子对他这方面的情况大致了解。

　　尽管这么说，也有平时老实的男人，突发兴致去疯狂地玩女人。当然，最好是跟谁都没有关系。实在饥渴难耐时，希望他去洗蒸气浴或者找哪儿的艺妓玩玩，分散一下注意力。更希望他能够再忍耐一下。

　　住院期间，系子一直不间断地考虑这些问题。

四

系子出院之后，夫妻俩仍没行房事。因为系子不想行房，权之介也不强求。两人仍像原先一样并排躺着，各自盖着被子睡觉。

权之介仍和往常一样，回家早时饱看电视，十二点左右上床睡觉。喝完酒回来，一般在深夜一两点钟，进门就倒头打呼噜睡觉，没有什么别的欲求。半个月后的一天，权之介刚躺在床上，系子就大胆地对丈夫说：

"哎！告诉你件荒唐事儿，大夫说我们可以做那个。"

"做哪个？"

"讨厌！"

系子这样说道。权之介这才若有所思地转过脸来。

"你能行吗？"

说实在话，系子没有自信。

"你想要吗?"

"想要,可我觉得你会不舒服的。"

"……"

在黑暗之中,权之介保持沉默。不一会儿,他按捺不住了,随手打开台灯,从系子的脚尖开始抚摸起来。

"真的可以吗?"

"哎……"

系子边答应,边主动地解开自己身上的睡衣缚带。

可能是四个月没有做爱的缘故,权之介的动作显得有些笨拙,也好像是故意小心翼翼,生怕把系子弄疼以致消退欲望。

系子任凭丈夫摆布。也有初次经历般的恐惧和不安。

还是采用那种普通的体位,行房时间比以往要短,不一会儿就完事了。系子强烈地感觉到丈夫在中途蔫了。

权之介从系子身上滑下来,仰面躺着,一动不动。系子疑惑地问道:

"完事儿了吗?"

"唉!……"

在浅淡的台灯光下,权之介低声嘟囔道。

丈夫确实是完事了,但妻子没有得到满足,她觉得激情刚被点燃,还没完全兴奋起来,就草草结束了。况且以往丈夫完事时，爱流露出一种奔放的热情，好像快感十足。今晚却不鲜明。

系子心里想：还是不太行吧……

她对于丈夫略带叹息的回答，有些放心不下。

大夫告诉说行房没问题。还说虽然摘除了子宫，但身体的其他部位没有什么变化。然而，今晚的感觉却和以往明显不同。没有了以前那种瞬间忘记自我的巅峰感觉。

行房过程中，系子曾紧紧地闭上眼睛，力求全身心地投入，但越是这样想，越是游离于快感之外，大脑也越是清醒。

手术的伤痕令她放心不下：腹内缺少器官行吗？会不会再疼痛或出血呢？受到刺激，癌症会不会复发呢？

何况她还有另一种不安：丈夫可能得不到满足吧？就算是满足了，拥抱一个没有子宫的女人，心情也一定是沉重的。今晚丈夫并没有主动拥吻自己，而是自己要求的，他可能是勉强而为吧。

系子这样思考着，感到有些扫兴，激情还没有完全投入，事情就完结了。

也许是自己思虑过度了……

系子想问问躺在一旁、尚未入睡的丈夫，今晚感觉怎么样。

他会说好还是不好呢？如果说不好，就向他道歉，毕竟主因在自己手术上。再说夫妻之间道歉也无所谓，总比各自闷着什么也不说好。

"喂……"

系子呼唤权之介。

"这次怎么样?"

权之介仰卧在那里，只把脸面转向系子。

"不太好吧?"

"没有以前好。"

权之介虽这样否定，声音却显得有气无力。

"喂，明确地说，我也和以往不一样。你觉得有什么不同吗?"

"……"权之介沉默。

"也许是我做过手术的缘故。"

"不会的。"

"我已经感觉到啦，只是对不起你!"

"别乱想!"

"大夫还说没什么影响，净瞎说。"

"别当回事儿。"

"你不用安慰我!"

"……"权之介似乎无言以对。

"我已经不再是女人啦。"

系子说到这里,眼眶里溢出了泪水。

"我怎么就不行啦……"

系子把被子拉上来盖住眼睛,抽抽搭搭地哭了起来。

她一旦哭起来,眼泪就像决堤的洪水,怎么也止不住。

系子颤抖着肩膀,由抽抽搭搭发展为呜呜咽咽,像个孩子般地哭泣不止。

不知过了多长时间,系子发现自己已经把头深深地埋在了权之介宽阔的怀抱里。她用腿勾住丈夫,把整个面部紧紧地贴在丈夫温暖的胸膛上。

系子一边抽泣,一边用力地搂着丈夫。

"求求你,别离开我!"

系子尽管满脸泪水,仍在丈夫身上蹭来蹭去。

"你别离开我!就这样永远待着!"

"我不离开你,你休息吧!"

丈夫在系子头上方平静地说。

"只要你这样一直抱着我。"

"明白了。睡吧!"

系子像少女一样含情脉脉地点点头,在丈夫怀里闭上了眼睛。

五

说实话，那晚做爱，权之介并没有得到满足。

系子问他："不太好吧？"他加以否定，实际是中途蔫了，这样说是恰如其分的。

系子当时顾虑术后的影响，权之介当时也是顾虑重重。

大夫说是术后不受影响，他怎么就在中途不行了呢？尤其在初始之时，自己粗手粗脚地动来动去，担心碰到妻子的伤痕。是不是妻子对此并不感兴趣，只是在应付自己呢？他一直思来想去，没能全身心投入其中。

最让权之介扫兴的是进入妻子体内的那一瞬间，感觉碰到了发冷的东西。

这一点应该怎样表达呢？权之介也不太清楚。

总之，就觉得里面"冷"。

原先一进入妻子体内，总有种温暖和丰饶的充裕感。虽不同于快感，却有一种温柔，好像孩儿被拥在丰满的妈妈怀抱中。

这也许是人类回归原始的一种安乐感。男人在这种温暖的安乐中会更加坚强。

不知什么原因，系子术后的此次行房，这种感觉没有了。

动手术摘除子宫，那里面就会变得发冷吗？权之介弄不清楚根由。既然大夫说不会有变化，是不是自己有点过虑了？

然而，事实确是瞬间感到里面发冷，不是瞎说。因而本是积蓄的旺盛精力顷刻瓦解了。

做手术之前做爱，没有这种情况。并非是妻子那部位出类拔萃地好或能量特别地大，而是说它温和、柔顺，能够使权之介得到充分的满足。

然而，它不知不觉变得像冰一样发凉了。

假如确定不是权之介的错觉，那就可以认定是手术的原因。

做了子宫切除手术，女人哪儿会变化呢？权之介对医学是外行，搞不懂，弄不清，也许是那个部位也跟着变化吧。

还有一点，就是在行房过程中，系子的反应是既不强烈，也不反感，不能令人满意。

这是术后第一次行房，难有那种感觉是可以理解的，然而，妻子也太令人扫兴了。他曾借着柔弱的灯光偷瞄了妻子一眼，只见系子闭着眼睛，一动不动，没有任何反应，简直像个偶人一样。

系子年轻之时，对性行为是被动且慎重的。生完孩子之后，性欲逐渐地旺盛起来。

三十过半后，她主动且频繁要求做爱，权之介都有些害怕了。

系子的肌肤很细腻，也很柔韧。两人做爱时，她常以平时难有的气力和强健，紧紧抓住权之介不松开，并且间隔一会儿就喊："别这样！""别这样！"搞不清楚她为何脱口说出这样的话。可她总是这样喊。

权之介对妻子短小而柔美的身材也很满足。他们结婚之后，曾因工作两地分居过，在此期间，权之介曾乱搞过两三次女人。他把乱搞的过程与和妻子的做爱来比较，感到那是很无聊的。

不过是单纯地泄欲，只有肉体的交欢，没有灵魂的媾和。

他过了四十岁，仍然只跟妻子一个人做爱。他常常觉得自己很笨拙，对系子也没有什么不满，所以就日复一日地过活。

妻子生病时，他也不想另找女人消遣。他工作紧张，容易劳累，认为暂时不与女人发生性关系，倒可以很好地休息一下，过几天悠闲日子。

他们结婚近二十年，他对行房之事多少有点厌倦，不过从根本上说，他对妻子还是满意的。

现在妻子简直就像变了个人一样，反应平平，兴趣冷淡，让人觉得很乏味。

权之介认为行房效果不理想，也许是久病之后第一次做爱的缘故。

因为是第一次，互相顾及对方的感受，才没有全身心地投入。只要慢慢适应，还会恢复到原先那样。那种温暖、丰饶的反应，不会一下子就消逝的。

五天以后，权之介估计妻子的情绪已经平复，便主动要求与妻子行房。

他们紧紧地拥抱了一会儿，吻过几下，没在前戏上花多少时间，就直奔主题了。

妻子在丈夫插入的瞬间微微地皱了下眉头，很快又平静下来。

这次会顺利吗……

权之介期待着，结果事与愿违，还是跟上次一样。

说不清楚是怎么回事儿，以前那种被包裹在里面的温暖感觉找不到了。不只是局部,连妻子的手脚、臀部、胸部都发凉发木,好像浑身的体温都下降了。

权之介调整了一下情绪,努力往下进行,好歹完事了,仍未获得以前的那种充裕感。

为什么呢……

他并不惬意地钻回自己被窝,刚仰面躺下来,妻子就急不可待地说:

"对不起,你不痛快吧?"

"不……还行。"

"我能感觉到,用不着撒谎嘛。"

虽然刚刚结束房事,系子的声音却很沉着,令人感到意外。

"我自己知道还是不行啊。"

"……"

"我做了那么大的手术,不会和以前一样的。"

权之介不知该如何作答。说不是,那肯定在撒谎,说是,又会伤害到妻子的自尊心。

"上次做爱我就有点死心了。那样的手术能维持生命已属幸运,还想要享受欢愉的性生活,有点太过奢侈了。"

"可是大夫说没事儿。"

"大夫只是那么说，不一样就是不一样。我最清楚。"

系子用果断的口吻说。

"到我这个年龄，能保持健康就行啦，其他无所谓。只是对不起你……"

系子开始潸然泪下，权之介轻轻地抓住妻子的手。

"并不是你不好。你是生病，没办法。"

"对不起……"

两个人仰卧在那里，沉默了一阵子。

"喂，你也可以找个女人玩玩！"

系子打破沉默，由衷地劝导。

"你可以和别的女人睡觉啊。"

"你说什么？"权之介有点不解。

"嗯，真的可以找女人啊。我绝不发牢骚。我自己身体欠佳，不会阻碍你的。"

"别说啦！"

"但是有一点你要切记，也希望你照办！"

系子突然面向权之介，一脸认真。

"别因为允许你玩女人，就和同一个女人反复地搞！要找我不认识的女人，尽量不要找一般妇女……"

"别瞎说！"

"你要是找一般妇女,后果很可怕。"

"系子……"

权之介少有地大声呵斥。

"我不会乱搞女人,你放心吧!"

"不搞倒好。可是您想要的时候,怎么办呢?"

"这个年龄了,也不是那么想要。再说工作又忙,那事可有可无。"

"你是这么说。可你是男人,一定有想要的时候啊。"

"到时候就让你安慰我。"

"可是我……"

系子欲言又止,好像意识到了什么。

"要是可以用其他方法解决,我会尽力啊。"

"哎呀,别说啦。别在这方面操心啦!"

"我这样残废,你真的不介意吗?"

"你不是残废,你是个出色的女人。"

"外表是女人,实际是残废。"

"夫妻并不是只有性生活嘛。"

"那你是真的不嫌弃我。"

系子突然紧紧地抱住了权之介。

"别抛弃我!千万别抛弃我!"

系子一边说，一边将额头、胸膛连同大腿一起，像木板一样重重地压在权之介身上。

"求求你！求求你！"

权之介一边怀抱着负疚且撒娇的妻子，一边告诫自己：对于现在的妻子来说，最需要的就是劝慰和拥抱。

六

　　整个十一月份,"星期三的早晨"生意有些清淡。进入十二月,店里的人又多了起来。

　　好像是进入腊月之后,忘年会和聚餐会都有所增加。

　　尽管是旺季,晚上八点到十点这段时间,人还是有点少。

　　一过夜里十二点,人又会多起来,有时客满无坐席,晚来的客人不得不另寻他处。老板娘多么希望客人在这个时间段交错前来,但愿望很难实现。

　　因为参加宴会和碰头会之后再次聚会的人,或从银座那边过来的人,时间往往超过十点。

　　"我们把八到十点这段时间作为价格优惠时间,势必会错开人流高峰。"

　　老板娘认真地思考这个问题,并付诸实施。

　　一天晚上,权之介又来到了"星期三的早晨",恰处价格优惠的时间段。

不过,是快到十点优惠价格即将结束的时候。

阿权平日能喝酒,今天已喝得满面红光。

阿权平日里常去室内装修现场,不太注重装束,今天头发特别蓬乱,领带也没系紧。

他骨骼结实,身材健壮,走到柜台前的餐桌旁,稳稳地一屁股坐下来,"唉"地叹了口气。

"哎呀,阿权!今天情绪不错啊。"

老板娘赶紧与权之介打招呼。她今天也醉得厉害。是黄昏来这儿的几个年轻导演灌了她很多酒,她已是醉意浓重了。见权之介也是满面绯红,便打趣说:"好像喝了好几家了吧!"

随权之介一起前来的有个叫饭田的年轻职员,他向前探着身子,抢先答复:今天'假面舞会'的室内装修做完了,那儿的会长很热情,就把总经理和我请到了筑地①款待我们。"

"假面舞会"是这次准备在银座②开店的一家夜总会,那儿的总经理拥有近十家连锁店。总经理是大阪的商人,很能

---

① 地名,位于东京中央区。
② 地名,位于东京中央区,是日本著名的繁华街道。

干，老板娘也听说过这个人。

"那儿好吗？"

"整体比较素雅，具有十九世纪的古典风格，较为有效地利用了大部分空间。"

"你也挺能干啊。"

"总经理认可我的审美能力！"

"是吗？实际是你干的啊。"

"工作条件是总经理给我提供的。"

"夜总会那位会长款待得你们很好啊。"

"他说下次所有的装修工程全部委托给我们公司，他还带我们从筑地去了银座。"

"所以你们是几经辗转才来这儿的。"

"我们和'假面舞会'的会长分手后，就直接奔这儿来啦"。饭田继而转头喊阿权："喂，总经理！"

权之介把胳膊支在柜台上睡着了。

饭田解释说，今晚阿权只喝了一杯兑水的威士忌，没喝很多酒，可能有点累了。

"总经理……你醒醒。"

"没事儿，别叫他！"

饭田想要叫醒阿权，老板娘赶忙按住饭田的手，予以制止。

"他是很容易入睡的,以往用车送我时,他也是在一旁呼噜呼噜地打鼾。"

"今天他累了。从一大早就东奔西走,刚才还在会长面前跳歌舞伎舞呢。"

"那是阿权的拿手戏啊。"

"今天是为会长服务。总经理也不得了。"

"只要对方中意就好。我也喝一杯向你们表示祝贺!"

"多喝点儿!"

饭田可能因为不需自己付钱,说得很轻松。老板娘也像往常一样,从容量一升的酒瓶里倒出冷酒,大口地喝着。

"是不是我们总经理最近有点不能喝酒啦?"

"是啊。最近来这儿到得晚,走得早啊。"

"可能是孝顺太太吧。"

"是吗?"

"他说自己年轻时,让太太受过很多累啊。"

这时候,陆续地走进来五六个客人,柜台的座位基本满员了。

晚上人多的时间已经到了,阿权却仍趴在柜台上酣睡。

"老板娘,我想先回家,让他在这儿睡一会儿可以吗?"

饭田有点沉不住气地站起来。

"你还有幽会吗?"

"是朋友等着我。"

"那就让他睡会儿。过会儿他会醒的。"

"如果到了十点半没醒,请务必把他叫醒!"

"为什么呀?"

"他叮嘱在那个时间叫醒他,而且说得很严厉。"

"他最近来这儿,十一点前准离开。"

"那就拜托啦!"

饭田朝老板娘挥挥手,急匆匆出店走了。

阿权仍轻轻地打着呼噜。

"这个人真是无忧无虑啊。"

老板娘一边小声嘟哝,一边看表。时间在十点十五分。她今天有点醉酒,担心自己忘了叫醒。

"到了十点半告诉我喊他!"

老板娘向女孩儿吩咐道。随后又小口呷酒。

老板娘刚喝完一杯冷酒,阿权忽地自己醒来了。

"呀!醒了,我正想叫你呢。"

老板娘走近阿权,阿权打了个哈欠。

"饭田先生先走啦。让我十点半叫你。你还要去哪儿?"

"哪儿也不去,回家。"

阿权好像很舒服地又打了个哈欠。

"你这个人幸福啊!想喝就喝,想睡就睡。"

"是吗……"

可能是睡了一小会儿的缘故,阿权的脸颊比来时舒展了。

"我走啦。"

"真的直接回家吗?"

"是……"

"你就不能在这儿多歇会儿。"

老板娘脸上显露出怒气。阿权慢慢朝门口走去,老板娘无奈从柜台里走出来相送。

"隔三差五再带我去喝点儿酒好吗?"

"好啊。"

"不是一点儿没兴趣?"

老板娘陪阿权走到电梯口。

"真的直接回家吗?"

"当然。"

"夫妻生活美满,总是讨好爱妻,这很对。"

"不是……"

"他人评价嘛!无需在乎的。刚才饭田先生也说,总经理

85

最近突然变得认真了。你到底最近发生了怎样的心理变化?"

"并没有变化啊。"

"不对吧。"

这时电梯上来了,阿权走入电梯间,老板娘也不知不觉跟了进来。

"为什么说没变化呢?"

阿权睡过一小会儿,头脑较清醒。老板娘要比阿权醉得厉害,她步步紧逼地追问:

"说实话!你阿权虽是优等生,却没有魅力啊。"

"别乱找茬儿……"

"那你说说变化!"

"真拿你没办法。"

阿权为难地注视着电梯围璧,无奈地回答:

"我老婆做子宫切除手术啦。"

"那又怎么样?"

"所以没做那个。"

"做那个?"老板娘有点疑惑,

电梯到了一楼。阿权走出来,老板娘紧随其后。

"是行房事吧?"

老板娘恍然大悟,停住了脚步。

"所以在她睡觉前,我多陪陪她。"

"……"

"哪怕跟她握握手,她都会舒心。"

阿权说到这里,有点羞涩地露出笑意。

"有点可笑吧。"

"不可笑。"

老板娘突然醒了酒,她仰视着阿权魁梧的身材。

"这件事儿请别告诉任何人!"

"我不会传播的,请放心。原因竟是这样……"

大楼前停着一些出租车。

"那我走啦。"

阿权轻轻地挥了挥手,钻进跟前的出租车。

"晚安!"

"晚安!"

车窗上映照出阿权脸部轮廓的影像。

出租车迅速驶去。道路两旁的霓虹灯仍在闪烁。

腊月的赤坂的夜生活还没到尾声。

老板娘好像很冷,她交叉着双臂,一直目送出租车消逝在三筋大街的拐角处。尔后小声嘟囔:"好啦,好啦……"旋即朝电梯方向跑过来。

87

恋子

一

地点是赤坂三筋大街上的"星期三的早晨",时间是晚上八点。

傍晚来这儿的大部分客人走了,只剩下吧台边上的两个客人和一对情侣。老板娘先前曾与客人嘻嘻哈哈地吵闹,此刻正和女孩儿一起收拾吧台上的酒具和碟盘。

这时候,有一个男人推开三分之一的门隙,伸进头来看有无空位置。

"哎呀,是阿圭啊!"

老板娘热情地招呼道。这个被称作阿圭的男人伸出略长的下颔,小声问道。

"有空座位吗?"

"现在正好空着很多。"

客人进店来的姿态,可谓千差万别。

有的人一进店门，就勇敢地问一声"你好"，然后精神抖擞地走进来；有的则像罪人一样，不言不语，畏缩着肩膀走进来；还有的愁眉苦脸，似乎自己背负着世上若干的不幸。勇敢走进来的人，那天未必就有什么好事儿；表情严肃的人，也并非就有什么伤心事。只不过是各自沿袭着自己进入公共场所的习惯，勇敢的人总是带有勇敢的气概，畏缩的人总是显露出畏首畏尾的模样。说起来，一个人进酒吧时的动作，也能表现出其人的性格。

圭司的习惯就是像今天这样推开门，先悄悄地伸进头来。看看有没有空座，如果有，才会闪现出全身。如果没有，就溜之大吉。他总是做两手准备。如果喝多了再来，动作会麻利些。

今天他探头窥测后，听老板娘说有空座，就有些腼腆地走了进来。看来，他没有喝多。

"你好久没来啦！"

老板娘把碗筷和小菜放在圭司面前。

"出差啦。"

"去哪儿啦？"

"大阪。"

阿圭的全名叫田中圭司，现年三十二岁，在新桥①的一家广告代理店工作。

他在两年前经历过一场热恋，和一个在电视台传达室工作的美女发生了性关系。圭司很擅长做广告，据说他曾做过非常强势的自我宣传。

譬如，他把月度总收入的十二分之一作为月薪告诉女朋友。结婚之后，他每月拿到手的薪酬却出乎预料地少，于是夫人就追问他咋回事儿。他说以前讲的是包括奖金、津贴、年末分红等全都在内的金额。他的朋友曾担心他说大话求爱，导致他结婚前景不甚光明。然而，人各有命，也许太太看到他常喝闷酒，会从心里原谅他。

总体来看，他只是在追求女人上大胆泼辣，其他方面不算很有勇气。

"只要兑水威士忌就行吗？"

"行……"

圭司答应着，用送来的湿手巾擦了把脸，反问道：

"知道今天是什么日子吗？"

老板娘看了看身后墙上挂着的日历，满腹狐疑地回答：

---

① 地名，位于东京都港区东北部，著名的繁华街。

"一月二十二日，星期四啊。"

"我曾经说过一次。"

"是发薪日?"

"哪是那种煞风景的事儿，是我的……"

"啊，是生日啊!"

"想起来了?"

"好像以前听你说过。咱开一瓶香槟酒庆贺一下!"

"不用大张旗鼓地庆贺。"

"这酒我请客。"

老板娘很慷慨。她经常备下两三瓶香槟酒，用以为客人庆贺生日。

"洋子，赶紧拿香槟来!今天是阿圭的生日。"

老板娘喊完店里的女孩儿，把八个酒杯一溜摆在吧台上。好像准备让女孩儿和其他客人共同举杯，庆贺阿圭生日。

老板娘使劲儿地启开软木塞，把酒一一斟到酒杯里。

"阿圭三十三岁生日快乐!"

"是三十二。"阿圭纠正道。

"那就三十二。来，干杯!"

听到老板娘呼唤，在座的客人和情侣都举起香槟酒杯，齐声喊:"祝贺!"

圭司非常不好意思地站起来，向周围的客人鞠躬，连声说："谢谢！谢谢！"

在四十三岁的老板娘看来，三十二岁的男人还不够完美。

"你今天过生日，怎么老在这儿转来转去呢？快点儿回家吧，与你钟爱的妻子一起庆贺你的生日！呀！对了，你该不是被撵出来了吧？"

"不是啊。其实……"

圭司放下香槟酒杯，脸上显露出略带严肃的表情。

"我妻子……"

圭司皱起眉头，撇撇嘴，这是他害羞时的习惯动作。

"生小宝宝……"

"生了吗？"

"还没生，好像今天就要生。"

老板娘重新审视了一下圭司。

"你要当爸爸了吗？"

"别那么盯着看我！"

"要是今天出生，生日和你相同。"

"是啊。"

"你太太现在哪儿？"

"她两天前就住进了公会堂旁边的赤坂医院。"

"那离这儿不远啊。今晚你的孩子就要降临到这个世界啦。"

"是呀……"

"别净说些无关痛痒的话!你去过医院吗?"

"刚才去过。妻子腹部已经开始阵痛了。"

"那你别在这儿喝啦,快去医院吧!"

"我在那儿没用嘛。护士说快生的时候就联系我。"

"那你是到这儿来等着。"

"直截了当地说,是这样。"

老板娘"唉"的一声叹了口气。

"你终于要当父亲啦。"

"还不确定啊。"

"没问题了。"

老板娘说完,把剩下的香槟全部倒进圭司的酒杯。

"为一个崭新的爸爸干杯!"

老板娘的声音很大,圭司羞得满脸通红。

"你的孩子如果在今天生下来,那就是上天赐给你最大的生日礼物。"

"是呀……"

圭司较为冷淡地回答。事实并非如此巧合。

"你的第一个孩子,恰好在你生日的当天出生,也太巧了。是偶然的吗?"

"也不是偶然的,以前说预产期是这个月的二十七八号。"

"那就是提前了。"

"我一直按二十七八号做准备,昨天她突然打来电话,说要让孩子赶在我的生日出生,要让宫缩和分娩提前一点儿时间。"

"能这样吗?"

"和预产期相差太多不行,只相差一周左右时间,大夫可以想办法催产。"

"你太太起初就想赶在你生日当天生产吗?"

"哎呀!说不清……"

"妻子倾心地爱着丈夫,为了送丈夫一个硕大的生日礼物,宁愿早些接受痛苦和磨难,让婴儿准时降临。这才是真正的夫妻之爱。"

"别再说啦。"

圭司有点难为情地喝了口威士忌。

"你妻子今天准能生吧。"

"我想大概没问题。"

"现在是八点半，再有三个多小时就到第二天啦。"

圭司听老板娘这么一说，伸出手腕看了看表。

"与护士说好临盆就打电话吗？"

"是啊。我把电话号码告诉护士了。"

"那没事儿。从这儿去赤坂医院很近，乘车只需两三分钟。"

老板娘乐于助人，对这种事也感兴趣。

"你离开医院时什么情况？"

"时不时地呻吟。"

"就是说阵痛得比较厉害。不好意思，我没生过孩子。"

老板娘露出落寞的表情。

"给自己所喜欢的人生个孩子，作为他的生日礼物，挺浪漫啊。"

那几个打工的女孩儿听到这话，在后面哧哧地笑起来。

"笑什么呀！"

老板娘回头看了看，那个身材短小、常去剧团演出的女孩儿说：

"刚才洋子说，爸爸和孩子生日在同一天，以后过生日就省钱啦。"

"是吗？这也是你妻子的本意吗？"

圭司点点头。老板娘马上纠正说：

"傻帽儿！女人会以那种小人之心生孩子吗？"

"早晚都要生啊。"

"顺其自然就可以嘛，何必出于喜好提前遭罪呢？还不是为了让你高兴吗？"

"可能是吧……"

"想让你过生日时与孩子见面：瞧，这孩子多好！多让人喜爱！这种心情你理解吗？"

"能理解啊。"

"你可以再去医院看看啦。"

"刚才去过。"

"如果生了，你妻子肯定想立刻见到你。跑一趟吧！"

"好的。"

圭司也有些沉不住气了。

"要是还没生，你就再回来！这个座位今天是你的专座，给你占着，到你太太生下孩子来为止。"

"我去一会儿就回来。"

圭司立起身子，披上外套，弓着腰，从"星期三的早晨"溜出去了。

99

二

说实话，圭司没想到妻子要在他的生日当天生孩子。

他觉得预产期要二十七八号，还有一周时间，就悠闲自在地去大阪了。

他想在此期间给孩子起个名字，但没有确定下来。昨天他在大阪突然接到妻子电话说要临盆，别提有多狼狈了。他搭乘最早一班飞机赶了回来，直接奔向医院。妻子直子躺在床上，对他说：

"看样子明天你过生日，孩子能生下来。"

直子说完，微微一笑。

其实，在听妻子说这话以前，圭司已经忘记了自己明天过生日。

"真的能碰到一起吗？"

"是啊，大夫说会想办法来实现的。"

原来是妻子意图赶在圭司生日当天生产，向医师提出了要求。

"硬要那样做，对身体不好吧。"

"你不用担心。你问问大夫就知道了！"

赤坂医院最拿手的是妇产科和全面体检，妇产科水平之高，是公认的。

该医院现代化设施很完备，病房也很整洁，伙食也不错。赤坂虽是都会的中心地带，医院从礼堂旁边左拐进入，里面竟意想不到地宁静。

病房一般是双人间，费用有点高，但考虑到可以放心地生产，觉得也值了。

圭司的公寓在上北泽①，离赤坂有点远。但他的工作单位在新桥，妻子住院可以每天上班顺路探望。

圭司所在公司的一个前辈，其太太在那里生过孩子，是她给圭司推介，妻子才住进去的。

医院的院长是个五十岁上下、留着一撮小胡子且身材魁梧的人。

"我妻子的分娩可以提前到我生日当天吗？"圭司充满疑

---

① 地名，位于东京世田谷区。

虑地问。

院长点点头。

"哎呀,并不是谁都可以提前的,你太太起先有要求,且只比预产期提前五六天,没有多大影响。"

"会不会生出早产儿……"

"这不用担心。因为胎儿已经在腹中待了十个月啦。就是九个月,也可以先在保温箱里抚养。待这么长时间已足够。怎么说呢?多少早点儿要比晚点儿要好。"

圭司放下心来。话虽如此,他对妻子能否恰好在自己生日那天顺利地生下孩子,还是将信将疑。

"我对医学完全是外行,请问怎样才能早点生产呢?"

"最简单的办法是剖腹产,切开腹部把孩子取出来,当然,那样会留下伤口。所以要想办法打开子宫口,使其自然分娩。"

圭司觉得院长讲话有点粗野。

"可能用嘴说不明白,就是预先把昆布插入子宫口,让昆布在里面待两三天。"

圭司想象将那样的东西插入妻子的阴道,觉得很害怕。

"这样,昆布就逐渐地吸收水分,膨胀起来,一点一点地把子宫口扩开。你太太昨天就做过,她的子宫口已经开得很大了。"

"这样不疼吗?"

"子宫口基本上是个感觉迟钝的地方,没什么大不了。"

医生说得很悠闲,给妻子身体内部插入那样的东西,竟还能安之若素,圭司觉得不可思议。

"昆布就那么一直插着……"

"只要腹部发生阵痛就抽出来。然后打催产针让子宫收缩,将腹中的婴儿一点点推出来。我们尽量设法赶在你生日当天生出来。"

"嗯。要是不行就算啦。"

"明白。我们也不是违背常规硬去生产,而是采取措施促进自然分娩。因而才请她早点儿住院。"

既然做医师的这么说,只能相信医师并任其摆布,别无他法。

总之,就是妻子想在丈夫生日这天生孩子,医师尽量满足她的要求。

"还请多关照!"

"你就放心地等着吧!"

医师拍了拍圭司的肩膀。圭司又深深地鞠了一躬。

圭司回到病房,妻子躺在床上露出笑脸问:

"大夫说什么啦?"

"说明天大概能生。"

"是吧。我绝对要生。"

"没事儿吗?"

"你静候佳音吧!"

"现在不疼吗?"

圭司瞅向妻子的小腹。

妻子表情淡然地说:

"时不时地疼,不过可以忍耐啊。"

"明天可要坚持一整天。"

"只要能在你生日当天诞下婴儿,我会坚持到底。"

话是这么说,女人能耐得住那么长时间的痛苦吗?圭司的心情很复杂,既觉得妻子精神可嘉,又觉得妻子令人可怜。

"让千叶①的妈妈陪着你好吗?"

"没事儿,这家医院是全程护理,一按枕边电铃,护士马上就来。跟妈妈联系一下也好,就说看样子明天能生。"

"马上就联系。"

妻子突然"哎呀"一声,立即闭上了眼睛。

---

① 地名,位于关东地区。

"怎么啦?"

圭司急忙上前探望,只见妻子呼吸有些急促。

"肚子挺疼啊。"

"叫护士好吗?"

"还不用吧。"

"是不是宫缩开始了?"

"大夫说明天才能开始。"

妻子轻轻地咬住嘴唇,慢慢地向圭司伸出一只手。

"你拽我一下!我想侧一下身子。"

圭司提心吊胆地拉起妻子的手,同时用另一只手扶住妻子的肩头。

"动一下没事儿吧。"

妻子只是翻了个身就觉得累,而且大口喘粗气。

"据说你的子宫口有个隆起的东西。"

"是啊,所以肚子也涨得厉害。"

"没事儿吧?"

"没事儿。因为我很强壮。"

直子身高只有一米五六,属短小精悍型。这样的身体,怀有重量近三千克的胎儿,而且子宫口还插着异物,能经受得住吗?圭司为其忧心,妻子却若无其事。

原先的直子，手指扎上刺或腿碰到桌子角，就会大喊大叫，现在的直子却意想不到地忍痛负重，神色泰然，眼睛也比平时明亮，让人觉得她很快乐。

"我今晚能住在这儿吗？"

"医院有规定，没有特殊情况，丈夫不能留宿。"

"为什么？"

"据说有的人产前待在丈夫身边，会喊叫，会撒娇，不能坚持。"

"是吗？"

"我一个人待在这儿，没事的。"

圭司认为妻子变得这么要强很难得。

"可是，阿圭，你可别趁机乱搞女人！要在家里老老实实待着！"

"当然，这种时候就是让我乱搞，也搞不起来。"

"那你明天就一直待在公司吧。"

"本应去一趟横滨，那就让别人去吧，我自己待在公司里。"

"白天一般不会生，有生到傍晚或夜里的可能。你晚上干什么？"

"明天得加班到七点左右，若回家就离得远了，我干脆直接来医院吧。"

"倒是可以。不过,产妇的丈夫一直待在医院的走廊上,不太好看吧。"

"那我就到'星期三的早晨'等着,那儿离得近。我接到生了的电话,马上就能跑过来。"

"可不能喝醉了!"

"你没生之前,我是不会喝醉的。不过,在妻子受罪之时,丈夫待在酒吧里,似乎有点不严肃。"

"待在那种地方,你可以不急躁,还能解闷啊。"

"也许在这之前,你就会生的。不管怎样,我一下班马上就来医院。"

昨天,圭司是和妻子这样约定后才分手的。

三

　　从"星期三的早晨"到赤坂医院,步行要十分钟左右,小跑更快些,乘车只需两三分钟。

　　老板娘让圭司再去看一看。圭司招手拦住一辆驶过来的出租车。时间刚到八点半,车还不是很多,赤坂方向的路很窄,单行道也多,费了五分钟的时间,圭司赶到医院,从夜间专用入口进入病房区域,到护士值班室打听情况。

　　"我是田中直子的丈夫。"

　　"田中女士刚才进产房了。"

　　圆脸的护士告诉他。

　　"那马上就生吗?"

　　"好像还需要一些时间,我给您问一下!"

　　护士用对讲机问了产房。

　　"还不到时候。你们现在可以见面。"

"我可以进产房吗?"

"请!"

护士走在前面给圭司引路。

圭司从没进过产房。

直子到底怎么样了呢……

圭司略有些紧张地跟着护士走过廊道,再从走廊的尽头右拐,约在五十米处看到有个写着"产房"的荧光板。产房的门上镶嵌的是毛玻璃,黑暗的走廊上只有产房亮着灯。

给他引路的护士正欲敲门,从里面传来了屏息般的呻吟声。圭司惊讶地停住了脚步,护士却镇静地站在门口。

呻吟声就像有人伏在地上哀号一般,悠长而低沉,持续一阵再消逝。

"正在分娩吗?"

"还没有,好像疼得很厉害啦。"

圭司觉得他现在听到的动静不是人的声音,而是野兽受到伤害而求救的咆哮声。

自己可爱的妻子竟会发出这样可怕的声音……

当圭司还在发愣时,护士推开了房门。

一瞬间,灯火通明的产房全部呈现在圭司眼前。房间里铺满白瓷砖,有两张产床,都是黑色铁框,床上面没有垫子,上方垂悬着绿色的皮革。

妻子仰卧在外边的床上，里头的床位空着。

墙的右侧放有药品架和器械架，左侧是应急使用的设施和器械，包括类似于麻醉器械的方形器械、整套的注射器具、手术台等等。

"请进！"

在护士催促下，圭司提心吊胆地朝妻子所在的床位走去。

产房里只有一个戴着头巾式女帽和口罩的护士，没有医师。

好像还没有进入临盆阶段，护士一个人在作动态监视。

妻子仰卧在床上，两只手轻轻地攥握着床头的铁框。

身上盖着淡蓝色的被子，好像她在被子里立着膝盖，劈着双腿。

"您丈夫来啦！"

护士告诉妻子，妻子好像无暇顾及，又呻吟起来。

妻子低沉而压抑的声音充盈着整个房间。

由于用力，她握着铁框的手背上浮起青筋，盖着腹部的被子在轻轻地晃动。

"慢慢地使劲儿，往小腹用力！"

戴着头巾式女帽的护士，像驯兽员一般地给她指导和鼓励。

"不行不行,再使点儿劲儿!"

妻子白净的额头上沁出了汗珠。

"大口地用嘴喘气!"

过了片刻,呻吟声减弱了,与此同时,妻子睁开了眼睛。

"是我啊……"

圭司在一旁表白,妻子微微地点点头。

"你来啦!"

刚才还发出死一般的呻吟声,此刻脸上却洋溢着微笑。

"你难受吗?"

"没事儿。"

圭司轻轻地为她擦去额头的汗滴。

"现在几点了?"

"快九点啦。"

"最多再坚持三个小时!"

"不必那么勉强。"

"不,没事儿。"

妻子接着问道:

"我刚才在想,你是晚上九点出生的吧?"

"妈妈好像这么说过。"

111

"是不是还要晚一会儿?"

"真的不用思考这些啊。"

"我会努力按时生下宝宝的,你祈祷我顺产吧!"

圭司点头默许。好像阵痛又一次袭来,妻子皱起了眉头,手脚微微地颤抖,低沉的呻吟声像从地底下涌出来一般,再次充满整个房间。

"呜……"

这既像是呻吟,又像是哭泣。妻子略显稀疏的眉毛皱成八字,眼睛里滴下一颗泪珠。

"坚持住!"

戴头巾式女帽的护士又鼓励她。

"啊……"

妻子嘴里发出临终般绝望地尖叫。

圭司再也待不下去了,自己从产房里跑了出来。

四

圭司步行回到了"星期三的早晨"。

店里比他离开时人多,好像按约定行事,圭司的座位依然给留着。

圭司在那个空位上坐下来,耳畔依然是妻子的呻吟声和哀号声。

"怎么啦?"

老板娘新做了一杯兑水威士忌,摆放到圭司面前。

"临产啦。快生啦。"

"觉得你好像没精神,脸色有点发青啊。"

即使坐在柜台之前,想起那地狱般的呻吟声和正在遭受折磨的妻子,圭司还是不能静下心来。

"分娩可真是不得了啊。"

"你看见了吗?"

"只瞧了瞧分娩室。"

"你知道女人多辛苦、多遭罪了吧。"

"是啊！是啊！"

伴随着妻子痛苦的呻吟声，浑身血渍的婴儿将从妻子的私处娩出来。这是多么动物性的行为啊。圭司想到这里，叹了一口气。

"女人怀胎十个月，得与痛苦斗争十个月，才能生下孩子。"

老板娘自己虽没生过孩子，却自以为有体会。其实一旦需要，她还是有能力生产的，毕竟年龄优势尚在。

"根据你妻子的现状，马上就生下来啦。打起精神来吧！"

在老板娘的催促下，圭司又喝起了威士忌。

又来了几位客人，吧台上满员了。一般过了九点钟，店里就会再次热闹起来。

在吧台中间席上的客人，抓起店里的电话。可能是约朋友，他先说"等着你，快来吧"，然后便喋喋不休地讲话。

圭司很着急地看着这个人，担心医院有电话打来。老板娘很快察觉到了。

"椎先生，这儿在待接重要电话，别说得太长啦！"

"老板娘真讨厌，那我挂啦。"

被称作椎先生的人很不满意地挂断了电话。

"你是在喝喜酒，你的孩子会顺利降生的，继续喝酒吧。"

老板娘劝导说。圭司也有点酒兴大发。

"妻子在拼命地生，我也在拼命地等，是共同分担痛苦。"

圭司一边开导自己，一边喝威士忌。

又过了半小时，在这家店结为好友的插图画家坂上走了进来。

坂上听说圭司在这里静候妻子分娩，开始大放厥词：

"什么？悄悄地等候生孩子。真是镇静！镇静极了！"

他这么说，圭司作为一个友人，也不好怎么样。只得按捺住性子，大口喝威士忌。

"不管如何，孩子会顺利出生的。"

坂上好像今天也喝了不少。其话锋一转，又送来祝福。

"只是我太太够受的。"

"没什么大不了的。她生完以后，会马上说再要一个。挣钱可比生孩子辛苦。"

坂上牛气十足。圭司耳畔又响起了妻子的呻吟声，思忖无论如何,都不能冷淡相对。

"虽然那么说,我觉得生孩子还是挺辛苦的。"

"生产对于女人来说,是天经地义的,很正常,因而不能使用保险。毕竟那不是生病嘛。"

"你说什么!跟你没关系,你就随便说!"

老板娘在一旁插嘴,剑锋直指坂上。

"阿圭今天生日,太太正在想方设法,在今天把孩子生下来。"

"哎呀……厉害啊。"

坂上大为夸张地高声说,继而深有感触地望着圭司。

"虽然同在一个酒吧,他也不跟你这醉鬼一样。哎呀,已经十点啦。"

老板娘看了看手表。圭司也抬手看了看自己的表。

"不知你妻子怎么样了。好像进度挺慢啊。"

"只要十二点以前来电话,爸爸和孩子就是同一天生日。"

"阿圭正等着喜讯呢。"

"好羡慕啊。与你老婆相比,我老婆对我什么感激都没有。还说下次要生个高鼻梁、大眼睛、不像我的孩子。"

"你和阿圭等着孩子出生的心态不一样啊。"

"你说什么！我们喝酒可都一样。"

"阿圭是在家里沉不住气，才来喝酒的。你是嗜酒，控制不住才喝的。阿圭的妻子快点儿生出来就好啦。"

老板娘好像也有点忐忑不安，目光不断地瞅向电话。

"不管早晚啦。能生个四肢齐全的孩子就行。"

圭司略有释怀地说。

坂上听到，似乎感同身受，急不可待地说：

"对，刚开始都希望长得帅、聪明，将来当学者，拿诺奖。临近出生，就没有什么奢望了，只希望四肢健全。"

"要做爸爸的人，大都这么想。"

"你没有梅毒吧。"

"没有。你怎么问这个？"

圭司沉下脸来。

"那就没事儿。四肢肯定是健全的。"

"最近听说有人因服萨利德迈安眠药而生出了畸形儿……"

"这种事儿是有的，但不多。哎呀，还是喝酒吧！"

坂上抓起酒瓶，向自己的酒杯里斟威士忌。

过了一阵子，吧台边上的三个人唱起歌来，中间的三个人刚走，接着又进来四个。坂上和圭司不得不分别往里挤了挤。

"祝贺你当爸爸，干杯！"

坂上接连喊了几次。

医院的电话依然没有来。

圭司在吧台的下面，悄悄掀起袖口，看到时针指向十一点。

"要是我妻子阵痛时间延长了，会怎么样呢？"

圭司忍不住问坂上。

"那叫微弱阵痛，是不管用的。"

"不管用？"

"很多女性身体纤细又虚弱，怎么使劲儿也生不下来。一会儿就累得血压下降，失去知觉。"

"那么……"

"那样就要侧切或剖腹。"

"那样……"

圭司脸上呈现出苍白。此时此刻，电话铃响了。

"嘘……"

老板娘用手指抵住嘴唇，示意大家别说话。

"请大家安静点儿！"

老板娘边说边拿起听筒。

"喂！对！这里是'星期三的早晨'。"

老板娘的声音听上去有点拿腔拿调。

"哎，是的。"

对方在说着什么，圭司听不见。

"哎，他在。"

老板娘眼睛朝着圭司斜乜了一下，圭司迅即站起来准备接电话。

"啊……是吗……好的。"

老板娘冲着电话做出鞠躬的动作。

"他马上就会过去。谢谢！"

老板娘再次深深地鞠了一躬，随即抬手向圭司送了个示好的暗号。

"阿圭，生了，是个男孩儿……"

"男孩儿……"

"十分钟前生了个三千五百克的男孩儿。"

"太好啦！"

圭司高兴得几乎要跳起来。

"终于生啦！"

"你当爸爸啦！"

坂上高兴地啪啪拍打阿圭的头。

老板娘又启开一瓶香槟酒。

店里的所有人起立鼓掌,连声喊:"恭喜!"

"你妻子已经没事儿了,不用慌!"

"你当上父亲啦,加油!"

气氛热烈欢快,香槟酒分发到了每个人手上。

"为这位爸爸干杯!"

"为太太送你的生日礼物干杯!"

大家齐声呼喊,阿圭频频深鞠躬。

"喂,好啦,快点儿去医院吧!"

圭司在老板娘催促下,顺从地点头,再次向大家行礼后,出店门向医院跑去。

"老婆在老公生日这天送他一个儿子,蛮厉害啊!"

坂上酒喝多了,像狗一样两手扶住吧台,口中念念有词。

五

那天晚上过了深夜一点后,老板娘和小女孩洋子正欲收拾杯盘,店门被圭司推开了。

"哎呀,怎么回来啦?"

老板娘有点疑惑地问。圭司显露出害羞的表情,把夹在腋下的食品盒递了过来。

"你吃这个吧?"

"哎呀,寿司!"

洋子高兴地大喊。

"那婴孩怎么样?"

"浑身是皱,发红、毛茸茸的。"

"婴孩都这样。"

"我觉得新奇:这就是人吗?"

"人出生都那样。很快就会招人喜爱的。"

"喂，可以吃吧？"

"当然。"

洋子很麻利地打开食品盒，把酱油倒在小碟里。

客人走光了，店里只剩他们三个人。

"稍微喝点儿吧？"

老板娘给圭司倒兑水威士忌。

"你太太应当很高兴吧。"

"看不出，她又是哭又是叫，真奇怪啊。"

"因为是第一个孩子嘛。是'欣喜若狂'。"

老板娘边说边往酒杯里斟凉酒。

"能在你生日当天降生，真好啊。"

"托你的福……"

圭司呷了一口威士忌，轻轻地叹了口气。

"累了吧。你一直不放心地静候着，也不得了啊。"

"我倒没活动，没出力气。"

圭司心平气和地笑了笑。

"当上爸爸的感受怎么样？"

"还没有真实感。女人嘛，真是神奇得不可思议。"

"不可思议？"

"从她身上竟能生出那样的东西，而且还赶在我生日这天。"

"这可是女人的精诚啊。"

"女人的身体嘛,我总觉得有点像动物。"

"和男人不一样啊。女人嘛,决定要做的事,就能做到。"

圭司点头认可。

"好像也很可怕……"

"要是一直那样生产,当然很可怕。"

"你别吓唬我!"

圭司缩起脖子。老板娘咕嘟咕嘟地喝了几口凉酒,把酒杯放在吧台上。

"你要对那个孩子负责一辈子啊。"

圭司端着酒杯,频频地点头。

"明白。"

"他是为你降生的。"

圭司喝光威士忌,站了起来。

"老板娘,今天真的承蒙照顾了,谢谢!"

"一月二十号,要记住啊。"

"谢谢……"

圭司向老板娘和洋子深深地鞠了一躬。

"今晚就当爸爸啦,要加油!"

"好的!……"

"为了和你同一天生日的孩子而奋斗。"

"明白啦。"

圭司点点头,围上围巾,挥手说了声"拜拜",顺手推开店门。

老板娘一直把圭司送到电梯前,才折返回来,和洋子脸对着脸吃寿司。

"阿圭好像很累啊。"

洋子一边吃金枪鱼,一边嘟囔道。

"因为太过紧张,一放松下来就疲惫。"

"这样看着,男人也挺可怜啊。"

老板娘把煎鸡蛋塞进嘴里,含糊不清地说。

"怎么说?"

"阿圭从明天开始,就要为了孩子而拼命工作。"

"这不也是男人人生的意义吗?"

"也许是。可是让孩子读完大学,直到完全独立,费用可不得了啊。"

"好在太太很爱他。"

"因为爱他,才让他健康地工作。"

"是吗？那阿圭也义不容辞啊。"

"这才是男人的生存之道……"

老板娘说着，一手叉起小鲫鱼，一手打着拍子，心情舒畅地唱起了老歌："行进在男人的生存之道……"

恋

暗

一

　　里子离开刚刚打烊、地处银座的店铺，径直来到"星期三的早晨"。她经常光顾这儿。

　　里子所开的店，位于银座并木大街七丁目的一个叫"黄金"的俱乐部旁边。十一点半打烊，她再到赤坂，就要超过十二点。

　　里子一进店里，首先环视四周，如果她要找的人不在，就露出一副倦容，在吧台前一屁股坐下来，喊："老板娘，给来点儿酒！"

　　不知什么缘故，里子也和老板娘一样喜欢凉清酒。老板娘作风稳健，处事大度。里子则浑身上下洋溢着女人的气息。两人虽是风采各异，喝酒的爱好竟然完全一致，这真是不可思议。

　　"请问，洋介先生没来吗？"

里子的第一句话总是这么说。

"很遗憾，没来！"

老板娘总是用略带厌烦的口吻回答。每当这时候，里子便有些沮丧地垂下长长的眼睫毛。老板娘有时看到了，心生怜悯，便改变话题，关切地问："店里很忙吗？"里子却不作答复。

她从提包里取出手表，回头看看门口。

"不对头啊。已经十二点了嘛。"

"你跟他约好了吗？"

"今天傍晚他在我的店里说，十一点半在'星期三的早晨'见。"

"那样，他就会来。"

现在是俱乐部的下班时间，店里的客人多起来了，老板娘不能只围着里子一个人转。

老板娘给里子放下凉酒和小菜，去迎候其他客人。

里子到今年二月就二十五周岁了，她个头矮矮的，长着一副滑稽相，显得比较年轻。至今已做了五年夜工，可能是成长于严厉家庭的缘故，她一个人坐在吧台前，像个斯文的普通妇女。邻座的男人们经常跟她搭讪，她也适当地予以应答。每当客人推开店门进来，她就回头看看是谁。于是，搭讪的男人们知道她在等人，感到有些扫兴。

她右侧的一个男人请她喝凉酒，和她这个那个地说了一通，尔后达观地离开了。眼看时间已过一点，酒馆该打烊了，街上的嘈杂声也逐渐平息了。

"他够磨蹭的。"

老板娘现在有了空闲，开始关照起里子来。

"他真的说要过来吧。"

"他先后在店里、门口和电梯旁说过三遍呢。"

里子张开樱桃小嘴拼命诉说的样子，着实惹人喜爱。

"不会忘记吧。"

一周前曾发生过这样的事儿：里子在"星期三的早晨"等他到两点，他却没来。

"洋介先生跟谁一起来？"

"好像是跟客户。"

内藤洋介是里子的男朋友，他在银座和涩谷[①]开着画廊，因为业务关系，他经常跟画家或主顾一家接一家地喝酒。他比里子大一旬，今年三十七岁，据说他在那方面是个很能干的人。

---

① 地名，东京二十三区之一。

他从"星期三的早晨"开张伊始,就常常带领客户前来赏光,但最近半个月未见踪影。

"不对头啊。他可能去别家店了吧。"

"他明明说来这儿。"

里子不置可否,似乎没有自信。

"洋介先生不会忘记这个店吧。"

里子和洋介是在"星期三的早晨"相识的。当时,里子被银座的客人领到这儿来,洋介也陪同其他客人来这儿。两人偶然在吧台边说了一些话,就成了要好的朋友。洋介开着两家画廊,人很机敏,穿衣服的品位也不错,长得身材魁梧,倜傥潇洒。

"他是花花公子,应当引起注意!"

老板娘看到洋介领来过的女性,心怀善意地提醒。不曾想里子很快就坠入了情网。

里子容易用情,恋爱升温极快。三年前,她和一个有家室的中年人轰轰烈烈地恋爱了一场,把其太太也扯了进去,寻死觅活地大闹了一番,最后不欢而散。这次好像也很迷恋内藤洋介。

里子只要喜欢一个人,就会痴迷。

前年冬天,她每晚都和洋介在"星期三的早晨"幽会。

从去年秋天开始,他们幽会的间隔时间越来越长了。

老板娘大致了解他们的恋爱过程,好像现在是里子在主动追求男方。

"再喝一杯镇静镇静,再等等看吧!"

老板娘给里子酒杯里斟上酒,开始收拾杯盘,准备打烊。

以前,"星期三的早晨"营业到凌晨三四点钟,久而久之,大家体力顶不住了。自去年起,老板娘决定早一点儿关门,把停止营业时间规定在夜里一点。规定归规定,很少能够准时关门。此刻她刚开始收拾杯盘,又进来几个新顾客。

"来得晚点了,少喝一点儿。"

客人这么说,老板娘难以拒绝。何况吧台上还有四位客人没走。

新顾客进店来,使刚刚安静了一会儿的店堂,又热闹起来。

又过了三十分钟,老板娘果断地宣告:

"请让我下班!"

男人们看了看手表,已经两点了。

"趁着人家没赶你,抓紧走吧!"

最后进来的客人都走了,只剩下趴在吧台上酣睡的男人。

老板娘把客人送至门外,回头大声呼唤还在睡觉的男人。

"田中先生，起来吧！该回家啦！"

老板娘用力推了推他，垂着长发的男人抬起头，没睁眼，嘴里嘟嘟囔囔。

"哎呀，真讨厌啊。"

"不要哎呀，该回家啦！"

"不走……"

"啪！"老板娘突然冲着男人的脸颊，猛地打了一巴掌。这下把男人彻底打醒了，他眼皮眨了眨，睁开眼睛瞅着老板娘。

"已经三点啦。起来！回家！"

老板娘抓住男人的胳膊，拉他站起来，帮他穿上外套。

"喂，快点儿回家吧！"

男人步履蹒跚地走出店门，还颤巍巍地挥着手喊"拜拜"。

"净给人添麻烦啊！"

老板娘说完，叮嘱上晚班的女孩儿快回家，自己包揽后续的所有杂务。

真是雇人比受人雇还要费心思。

女孩儿很高兴，道声"祝您晚安！"便快步走了。

"啊——今天终于结束啦。"

店里还剩下老板娘和里子。

"他依然还是没来啊。"

里子不答话,茫然无助地端着酒杯,凝视着前方。

"我要关门了,你怎么办?"

"请再等十分钟!"

里子在哀求老板娘。

"行吧……"

老板娘点点头,开始收拾剩下的餐具,然后说:

"他爽约,很缺德。"

里子没说话,怏怏地低下头。

"别跟那样的男人交往啦!"

里子听到如此之说,大眼睛睁得圆圆的。

"你才二十五吧,他比你大十多岁,还有家庭,你犯不着为这样的中年人效劳嘛!"

可能是客人走后,自己快速喝凉酒的缘故,老板娘好像有点醉了。她把剩下的凉酒全部喝光,然后说:

"像你这样的美女,今后找年轻、善良的人,找多少都能找得到。"

老板娘说完,没听到回音。回头一看,里子明亮的眸子里噙满了泪水。

"哎呀，喜欢就喜欢吧，也是没办法的事儿。"

老板娘好像反省自己的言重，她压低声音关切地问：

"肚子饿了吧？去吃点儿东西好吗？"

"可是……"

"你要想开点儿，明天可以再见嘛。"

"请老板娘等一等，我打个电话！"

里子还是很郁闷，她从手提包里取出笔记本，查询电话号码。

她先后给两家店打电话，均未接通，应该是都关门了。第三家的电话终于接通了：

"请问现在你们那儿有个叫内藤的客人吗？……"

老板娘把洗碗池里的垃圾装入塑料袋，放到走廊上。回头一看，里子两只手分别搭放在左右膝盖上，端坐在那里。

"联系得怎么样？"

"找不到……"

里子边说边慢慢摇动细细的脖颈。

"那走吧！"老板娘催促里子。

"他会不会是受伤了呢？"

"没事的。可能是喝醉了酒，忘记来这儿啦。男人嘛，都挺马虎。"

老板娘关掉店里的灯,锁上门。

"咱们去吃点儿朝鲜饭吧,前面有家店开到四点钟。"

里子顺从地点点头。走了没几步,她突然变卦了:

"对不起,我要回家。说不定洋介先生去我家啦。"

"他说过要去你住的地方吗?"

"没说。"

"那他不会去的。"

"以前他常醉酒后去找我。"

"男人那样爽约,可以不理他。"

"他要是去了找不见人,我就觉得很可怜。"

"你才可怜呢!"

里子若有所思地歪着头,充满歉意地说:

"请恕我告辞!"

她麻利地鞠了一躬,朝停放在十多米处的出租车跑去。

"这女人真傻!"

老板娘娇嗔地嘟哝着,朝着朝鲜饭店方向缓缓走去。

二

　　大约过了一周，洋介出现在"星期三的早晨"。他和一个年纪相仿的男人都已经醉了。

　　他穿着一件带方格的西式夹克和一条并不配套的裤子，系着领巾式领带，依然显得很潇洒。

　　"见到里子了吗？"

　　老板娘连"欢迎光临"也没说，直接冲洋介诘问。

　　"没见。她有什么事儿吗？"

　　"不是有事儿没事儿。你不是上周和她说好在这儿见面吗？"

　　老板娘从开始见到洋介情绪就不好。

　　"她等到夜里两点多呢。你怎么能爽约呢？"

　　"是吗？"

　　"当然啊。女人认真地等你那么久，你不觉得可怜吗？"

"是的，是的。"

洋介露出略有厌倦的表情。

"她纠缠不休啊。"

"'纠缠不休'？是让你逼得吧？"

"是啊。"

洋介一瞅同伴，同伴在窃笑。

"别开玩笑！你要是玩腻了，就直接跟她说嘛。"

"并不是腻啦。"

"那就应该对她好一点儿嘛。"

"我对她很好。"

"还说什么对她好！你总是爽约，打给你的电话你也不接。"

"她总是在我下午最忙的时候来电话。"

"再忙也要回个话嘛。"

"她说以后白天见面。"

"因为你晚上不准时约见。"

"我实在是说不过老板娘啊。"

洋介又喝了一口兑水威士忌，心有不甘地说。

"她那儿很棒啊。"

"你说哪方面？"

"做爱。"

洋介一边羞涩地笑，一边说：

"那样有耐性。"

"洋介先生，别说啦！"

老板娘的态度严肃认真，使内藤洋介很败兴。

"你不该在这样的地方说这些事儿。"

老板娘突然扭转脸，到吧台那头去了。

惹得老板娘这样生气，洋介觉得既难为情也不舒畅。不消一会儿工夫，他便离去了。

过了半小时，里子来到了"星期三的早晨"。时间是夜间十二点十分，她好像是在店里打烊后从银座赶过来的。

"洋介没来吗？"

"来过，待了一会儿走啦。"

老板娘不客气地说。里子听了神情有点沮丧。

"他去哪儿啦？"

"不知道他去哪儿。"

"是去'荣花亭'了吧？""荣花亭"是另一家酒馆的字号。

里子站起来想打电话，老板娘斥责道：

"你别理他！他是色鬼。你还是干脆死了心吧！他装腔作势又好色,最差劲儿!"

"怎么?……"

"他说话很损,信口开河。"

"他说什么啦?"

老板娘环顾四周,把嘴巴贴近里子的耳朵:

"他说你那儿挺好,经常跟你相悦。"

"那儿?……"

"他指的是做爱。"

"他说这事儿了吗?"

"拿人取乐!这是对女人最大的侮辱啊。"

里子有点发愣。

"你不那么认为吗?"

"说不清楚。"

"他在别人面前说你那些个东西,简直不把你当人看。他这么说,你不伤心吗?"

"唉……"

里子说不出如何,目光倒是很柔和。

"那你不生气吗?"

"他是损人的意思吗?"

"你这个人真够呛!"

"可以打个电话吗?"里子问老板娘。

"我真是自作多情。你随便吧!"

老板娘把耷拉在两颊的头发往上拢了拢,招待新来的客人去了。

里子在吧台头上打了十多分钟电话,尔后放下听筒,招呼:"老板娘!老板娘!"

"干什么!"老板娘应声回头,看到里子双手合十,目光恳切。

"我想求你一件事儿,能借给我点儿钱吗?三万日元。明天我一定带来还你。"

"干什么用?"

里子有点难以启齿,又不得不扭扭捏捏地说出实情。

"他说要用来打麻将。"

"那怎么啦?"

"他说要在涩谷的旅馆里打,钱不够。"

"请原谅!不借。"

"老板娘,求求您!"

老板娘要挪步离开,里子拽住老板娘的衣袖。

"明天一定带来还。拜托!"

里子又闭上眼睛,双手合十。虽然只是做酒水生意,但里子是个严谨的人。老板娘也知道她不会借了钱就溜掉,但一想到要转给洋介用,就来气。

"男人要赌,你凭什么为他借钱?"

"他说你要能拿钱来,就可以到我身边来。"

"一个大男人就没钱打麻将吗?"

"主要是急用啊。再说,他的钱全让太太控制着,不太自由啊。"

"他却玩得很凶。"

"求求您!我今天怎么都想见到他。"

"你可以去见他。可是,你去了,他仍然打麻将,你又不会打,你去干吗呢?"

"斟茶什么的,帮忙啊。"

"那样就满足了吗?"

"是。因他打麻将,可以不回家,与我在一起。"

老板娘长舒了一口气。

"我借钱马上就还。"

老板娘觉得这是个傻女人,她反复地恳求自己借钱给她,很难再予拒绝。

"就借这一次!"

老板娘不是很痛快地从今天的营业额中取出三张万元纸

币，交到她手中。

"太高兴啦。谢谢老板娘！"

"一定按时还我！"

"哎。"

里子点点头，实际心里没底。

洋介很能玩，但还算是个对钱干净的人。他并不缺钱，借了钱也会还，但需反复提醒他，否则易忘记。他本来就是个吊儿郎当的人。

"恐怕洋介他们会打一通宵麻将，你玩得差不多了就回家。"

"明白啦。"

里子把钱放进手提包，高兴地道别：

"老板娘，我走啦！"

"去吧，去吧！"

老板娘咂咂嘴。里子笑意盈盈地一溜烟跑掉了。

三

一个月后,里子说她要关掉开在银座的店,到"星期三的早晨"打工。

"为什么呢?"

"这儿离得比较近……"

里子住在惠比寿①,离赤坂近,离银座远。她突然说出如此心愿,老板娘感到愕然。

"你也知道,这儿是小酒馆,要洗盘子,把食物装到盘子中,可不像你在银座那样板起面孔来发号施令!"

"明白。"

"再说薪酬也不多。"

老板娘慎思:店里那个当新剧研究生的女孩儿要辞职,

---

① 地名,位于东京涩谷区。

正需有人接替她，里子要是肯来，那就太好了。但不能给她提供在银座那儿打工者的高薪。

"晚上干到挺晚，你能受得了吗？你不只是图近便，还有别的理由吧？"

老板娘瞪着眼睛质问。里子未作正面回答。间隔了一会儿，她似乎自言自语："洋介先生最近不怎么去我店里。他会经常来这儿吧？"

"明白啦。你在这儿打工，能经常见到洋介先生。"

里子老老实实地点头。

"你也真傻！你在银座可以拿到高薪，会很吃香。"

"不行，我是不会吃香的。"

"怎么不会？上次与你同坐的森田先生，是电视台的导演，他说他想用你呢！"

"我不适合在俱乐部干。让心怀叵测的客人摸摸手、抚抚背，就感觉毛骨悚然，就要出荨麻疹。"

"你是说只接受洋介先生一个人吗？"

"上次在俱乐部，有个客人要抚摸我的手，被我推开了，结果被经理训了一顿。"

"只喜欢一个人，也好也不好。"

"女人嘛，大多是这样。"

"那你下周就来这儿工作吗?"

"可以。只要能从吧台上与他对着面就行。"

"你可不能老缠着洋介先生不放!"

"明白。"

老板娘虽然觉得她有些靠不住,依然决定让她先干一气再说。

三天之后,里子开始在"星期三的早晨"打工。

里子穿着打扮不算华丽,只是穿着白色的罩衫和藏青色的裙子,将饰针别在胸前,就很引人注目。她面孔略小,属于巴掌脸,显得很天真,身材又苗条而匀称,故而性感且出类拔萃。

"人怕比。这么一比,老板娘挺胖啊。"

有的客人看到老板娘和里子并排站在一起时,悄悄议论道。有时也能传入老板娘耳中。

"我是属于照顾这个女孩儿的。"

老板娘有点不高兴,但转念一想,幸亏里子来到这里,店里的气氛明显地活跃多了。

里子在年轻的客人当中很受欢迎,中年人更喜欢她。她那漂亮而有点迷惑的外形,更容易勾起男人们的好奇心。

里子到来时,恰逢洋介去九州旅行,不在赤坂。

后来洋介来店里,看到里子在场,有点纳闷,便问道:"你怎么没去银座自己的店里?"

"那儿关门了,我在这儿干。"

"别开玩笑!"

里子说实情,洋介不相信,老板娘赶紧证明。

"她一心想见到你,就移到这边来啦。"

"真的吗……"

洋介这才有点相信了。

"可是,她待在这儿,有点麻烦啊。"

洋介依旧还在捉弄人。里子却兴高采烈,不想从他面前离开。

其他客人在召唤:"阿里!"她似乎没有听见。

"阿里,客人叫你呢!"

老板娘看不过去,便提醒道。里子这才勉强地过去应酬,只待了两三分钟,又折返回来。

有一次,洋介站起来要走,里子在宾客满座、众目睽睽之下拽住他的衣袖,说:"不让你走!"后来又做过把洋介的手提包藏起来的事。洋介去到外面,她会追到外面,二三十分钟都不回来。

他们约好幽会之前,里子会兴致勃勃地工作。如果邀约被拒绝,她就无精打采地干活,心里惦记着洋介去了什么地方。里子不是笨女孩儿,却这样肆无忌惮地表露感情,让人难以理解。作为女服务员来说,这也是不合格的。

在里子到店里工作的前两个月,洋介经常来喝酒,两个人的关系发展还算顺利。时至五月底,洋介领来一个女人,引起了他们恋爱关系的骚动。

不知出于何种目的,洋介偏偏和一个三十岁左右的女人同行至此。洋介强调他和这位女性只是工作关系,还说她是个受人瞩目的女画家。但是里子觉得他们过从甚密,眼睛里闪现出仇视的目光。

里子还像往常那样,一直站在吧台里面与洋介面对面。目的却与往常不同,是为了监视洋介和女人的交往情况。

"阿里!"

老板娘召唤里子,里子置若罔闻,反而对洋介照顾得更加周到。洋介刚把香烟叼在嘴上,里子马上拿起打火机为其点上。洋介的酒杯一空出来,里子马上给其斟满。里子还看见洋介肩膀上粘有线头,迅速伸手给他摘掉……女画家把香烟叼在嘴上,里子佯装没看见。去洗手间回来,里子不给拿湿手巾……里子还关切地问洋介"东西好吃不好吃",说洋介

"你领带歪了""你喝得可以了"不停地说"你……""你……"。

这个女人不愧是女画家,她觉察到洋介和里子的关系非同一般。但她也不是个等闲之辈,故意在里子面前用撒娇的口吻说话:"喂,洋介!……"

不难看出,他们曾经发生过性关系。

或许洋介就是为了让两个女人互相吃醋,才把女画家领来的,洋介也太不要脸了。这样一来,两个女人的相互憎恶,能隔着吧台迸出火星。

里子依然称呼洋介用"你",女人还是直呼其名,谁也不服谁。

老板娘劝解过几次,她们的争吵不但没停止,反而逐步升级。最后连洋介也待不下去了。洋介要走。里子从吧台里面跑出来,在门前拽住洋介的胳膊。

"不行,别走!"

"怎么?"

洋介正在为难之时,女画家在门口穿好外套,催促道:"洋介,快点儿!"

"不行!绝对不允许你们一起走!"

"她是客人,我得陪啊。"

"不行……"

看来，里子和女画家要一决胜负，彼此互不相让。

里子跟随着两人乘电梯下了楼。

"真不知道她们要干吗。那个男人真是个坏种！"

老板娘一味地叹息。过了三十分钟，里子未回来。又过了一小时，里子仍未回来。

时间到了一点，店铺该打烊了。

里子还没回来，手提包和外套都还在那里放着。

老板娘思忖：里子去哪儿啦？没办法去找。似乎应该来个电话说说情况，想着想着，又到了两点。

店里已经没客人了，打工的女孩儿也回家了。

"真拿这孩子没辙！"

老板娘自言自语，顺手拿起装着账簿的袋子以及里子的外套与手提包，离开了"星期三的早晨"。

老板娘今晚累了，已没人陪她喝酒，便径直回到家里。正当她洗澡之时，门铃响了。

老板娘赶紧披衣去看，里子正哭丧着脸站在门外，还是她离店时的那身打扮。

"怎么啦？"

"老板娘……"

里子说着说着，两只手捂住脸哭了起来。

"哎呀，冷静点儿！喝点儿茶吧……"

老板娘穿好睡衣沏上茶，问道："肚子饿了吗？"里子一边抽抽搭搭地哭，一边点点头。

老板娘赶紧用剩下的饭给她做了茶泡饭，里子吃得精光。吃完才开始叙述离店后的情况。

里子一直紧随洋介和女画家到楼下，随之坐进他们搭乘的出租车。

"我是绝对不愿意让他和那个女人一起回去的。"

里子的心情可以理解，行为有点不像话。

他们乘车到了女画家的公寓，洋介告诉里子说，他把女画家送到房间就回来，尔后和女画家一起下了车。

里子在出租车里等洋介，等了很长很长时间，洋介仍未回来。出租车司机沉不住气了，对着里子发起了牢骚："哪有这样的，您给想个办法吧！"

很侥幸，里子的裙子口袋里装有她去美容院找回的五千日元零钱，里子就点给司机当车费，把出租车打发走了。

里子一个人傻傻地站在公寓门口等，洋介始终没出来。

他去哪个房间了呢？在八层高的偌大公寓里，就是想找也是大海捞针，再说管理员也睡觉了。不久，喝醉酒的男人们陆陆续续地回公寓来了，他们用诧异的目光注视着站在夜色中的里子。夜深了……据说这儿地处新宿前面的中野一带，但她不清楚自己现在是在哪儿。

过了三点，里子再也忍耐不住了，开始慢腾腾地沿着公寓旁边的小路漫步，不知不觉走到了一条大街上，就拦了辆出租车回来了。

"你真傻！"

老板娘既感到惊讶，又觉得里子实在可怜。

里子扔下工作就走了。本想等她回来，狠狠地训斥一顿，但是听到如此情况，她的火气一下子消了。看起来，洋介是最差劲的。

"我说过嘛：那样的男人别理他！"

"是那个女人不怎么样。"

"就算是那个女人不怎么样，洋介也是难辞其咎嘛。他让一个女孩儿深更半夜在外面等着，他自己却在跟别的女人上床，真是厚颜无耻，差劲儿极了！"

"求求你别说啦！"

"以后你要学会对他说不。只可惜你人太好了。女人要和男人玩心眼、耍手腕，把手里的牌全都亮出来。男人可能会抵制，你可以暂时丢开不管，表现出'你随便'的样子。"

"可是，洋介真的说要回归。"

"他那是瞎说。"

"喂，我怎么对那个女人复仇呢？"

"不知道。"

"我恨死她啦。老板娘，我今天可以住在这儿吗？"

"行！给你毛毯，你在那边的沙发上睡吧！我不想搞同性恋。"

"让那样的女人给迷住了，洋介太可怜啦。"

"不说啦！睡觉啦！"

老板娘好像有点厌倦，她一口喝光了瓶里所剩无几的白兰地，向后拢了拢头发，钻进了被窝。

四

之后的半个月，洋介没来"星期三的早晨"。

发生过那样的事，确实也不便来吧，老板娘心里想。里子却好像沉不住气，她每天来到店里，一有空闲就往洋介有可能去的地方打电话寻找。

从那晚之后，她一直没见到洋介。

过去的里子，一与洋介约会，马上就会报告："他昨天来房间啦。"她在叙说的时候，春风满面，肤色红润。如果是好久未约见，表情就会变得沮丧，皮肤也变得粗糙。她的情绪和脸色，就是两个人恋爱的晴雨表。今天的里子，小小的巴掌脸上唯有眼睛发亮，额头到脸颊的皮肤粗糙且晦暗。

老板娘看到里子这般模样，忘记了自己也是个女人，只觉得女人很可怕。女人是否得到了男人的爱，言谈举止马上就会表现出来。似乎精神和肉体都由男人控制着。

老板娘尽管怜悯里子，却也讨厌她没骨气。

还是干脆像我这样没有男人好，老板娘曾这么想。这样自由自在，倒是舒适，但是很寂寞。女人假如没有男人爱，就会像花朵一样失去艳丽而枯萎。

话虽如此，看到里子痴恋洋介，她就想：要是那样辛辛苦苦地追求男人，还不如做单身。那简直就是掉进地狱的蚂蚁，是那种想爬也爬不出来的恋爱地狱。

老板娘想设法帮帮里子，但是里子老这样也没办法。只有等着她什么时候觉悟或思想达到某种境界。

老板娘对里子已经不抱希望了，老跟她说"别理那样的男人"也没用。谁要是从里子那里夺走洋介，那就等于自己找死。从旁人的角度看，洋介是个无聊、不正经的人，但对里子来说，他却是个无可替代的人。何况两个人爱不爱，唯有当事人才能了解。

看到里子受到虐待却不离不弃，可以认为两个人相处时，洋介要好得多。肉体方面不用说，就是在精神方面，也许洋介会有让人想象不到的迷人之处。

确实，洋介对女人不检点，只顾自己方便，是极端自私的表现。其实，他的内心也很懦弱。反过来看，各色女人之所以会被洋介所吸引，也许是因为他心地和善。

老板娘看到两个人的分分合合,思忖还是不能把男女关系看得太过机械。

一周之后,他们再次言归于好。里子一进店里,就报告:"他昨晚来过我寝室!"

"那好哇。"

老板娘点点头,不再思考两人的孰是孰非。

"我今天要坚持干到最后打烊。"

里子被男人足足地爱抚了一夜,好像干劲儿十足,面容很舒展,皮肤也显得滋润。

"你可不要变卦!"

老板娘话中带点挖苦,也带点赞赏,同时为他们的关系松了口气。

从那天起,里子连续三天精神都很振奋,到了第四天上班,却迟到两个小时,且头发蓬乱,衣衫不整,也没戴假睫毛。

"怎么啦?也不先来个电话说说!"老板娘责备道。

"喂,你下去听我说!"里子硬是把老板娘拽到了楼下的咖啡馆。

"我很忙,你快点儿说!"老板娘催促道。

里子一边对着粉盒上的小镜子拨弄头发,一边说:

"我在'丁香'见到那个女人啦。就是那个女画家……"

"丁香"是赤坂的一家美容院,里子经常光顾那里。

"当时我对着镜子朝旁边看,一眼就看到了那个女人,我顿时就火了。"

"你们吵架啦?"

"开始只是想跟她说说上次的事儿,就耐着性子把她邀到咖啡馆去了,但是话不投机,越说越气愤。"

"可以不理她嘛。"

"那个女人说,她和洋介还保持着关系,而且还说昨天他们见过面。"

"可能是因为工作见面吧。"

"不是,是那个女人把他约出来的。那个女人还质问我:你一个做服务员的,竟然这么狂!"

"她太过分啦!"

"对吧,我打了她一个耳光。"

"在咖啡馆里吗?"

"不是,是出咖啡馆之后。在TBS后面的小巷里。那个女人还拼命拽我的头发……"

里子说着说着,流出了眼泪。

"这不,好不容易装上的假发被她打掉了,这个也给弄断了,这个值五万日元呢。"

里子一边给老板娘看那条断掉的项链,一边扑簌簌地流眼泪。

"这没办法啊!以后修修吧!"

"我是真的憎恨她,下次再在外面见到她,就把她的衣服撕碎!"

"哎呀,行啦。过几天我给你买条项链,你快点儿补补妆去店里做事吧!"

老板娘叹了口气,拿起账单站了起来。

五

两个女人大打出手后的两三天，里子显得有些焦躁。过了一周后，心情渐渐平复下来了。

洋介一周到店里来一两次，好像也常去里子的公寓。这种情况，表明他们的关系基本稳定。

虽说稳定，但也不是没有小吵小闹。洋介从店里离开时，要么他们吵着一起往外跑，要么一个先跑，另一个到处打电话寻找。仅此而已，没有大吵大闹。老板娘最近也不再为他们的事操心费力了。

男人和女人互相怨恨，互相谩骂，也许是一种很大的刺激和乐趣。

俗话说，男女的关系，他人是难以弄懂的。老板娘暗下决心：以后不管他们的闲事了！

然而，七月初发生的一件事，再次触动了老板娘神经。

那是星期天的深夜,里子突然跑到了老板娘的公寓。

"再留我住一宿好吗?"

老板娘以为又是洋介让里子苦等不见,然而里子却是好端端地提着挎包,裹着睡袍。

"可以啊。你们又怎么啦?"

"刚才洋介到了我的寝室。"

"那你怎么出来了呢?"

"他和别的女人在那里。"

"他和别的女人在一起?"

老板娘不由得提高了嗓门。

"他在深夜三点左右,喝得醉醺醺地跑到我的寝室,开口央求我让他住下!"

"那个女人是上次见过的女画家吗?"

"不是,是个二十挂零的年轻女孩儿,好像是个模特儿。"

"后来他就说让那个女孩也住下?"

"他说那个女孩儿家在立川①,离得很远。回去没有电车了。"

---

① 地名,位于东京中西部。

161

"那也不是非得住你那儿嘛。"

"好像说要去旅馆,又说没有钱。"

"那你就让他们住下啦?"

"是啊。我觉得待在那儿有点碍事,就到你这儿来了。"

"你说什么?那个女孩儿和洋介不就搞到一起了吗?"

"说不定会搞到一起。两个人都喝醉了。"

"这种人真少有!"

去寝室过夜的人不怎么样,留他们过夜的人也不怎么样。

"你们到底怎么啦?"

"什么怎么啦?"

"他们怎么可以在你床上睡觉?"

"不想这么做,但没办法。"

"那不就把事搞糟了吗?"

"我也很痛苦。"

里子抽抽搭搭地哭了起来。可能她心里真是难过。话又说回来,是谁让他们留下过夜的,当初心里又是怎么想的呢?

"你要坚强些!那儿是你的家,你不要听任男人摆布,你现在还可以把他们赶走嘛。"

"可是……"

"你做不到,我给你赶。"

确实，老板娘觉得这样欺人太甚，让人忍受不了。

"还领女人来鸠占鹊巢，太不要脸了。喂，你给他拨电话！我来说。"

老板娘刚要拿起听筒，一转念又说：

"先给他太太打电话，让她来把老公领回家。"

"别这样！"

里子猛然伸手摁住了老板娘的手。

"这么做他就太可怜啦！"

"你说什么？放开！"

"他不是故意的，是没有地方去才来这儿住的。"

"别开玩笑啦！没有旅馆费，就借给他房间住，放任他和女人搞在一起，他把你的寝室当成免费的情人旅馆啦！"

"今天这事儿就这样吧。"

里子给老板娘鞠了一躬。

"哎呀！真是的。"

老板娘觉得事情的整个过程都很荒唐。

"真是逆来顺受呀。"

老板娘很快钻进被窝。里子换上睡袍，在她熟悉的沙发上躺了下来。

她们就这样迷糊着入睡了。早晨八点钟，电话铃响了。

老板娘一听，打来电话的是个男人。

"里子在你那儿吗？"

"你是哪一位？"

"我是洋介，你是老板娘吗？"

老板娘不想说话，把听筒甩给里子。

"洋介来电话！"

里子猛然坐起来，把听筒贴到耳朵上。

里子没说多少话，一直"哎……哎……"地答应着，听起来，她答应得自然而痛快。

过了一会儿，她说："我马上回去，你等着！"说罢放下了听筒。

老板娘装作睡着了。里子悄悄地来到床边。

"老板娘！我要回去啦。对不起！"

老板娘睁眼一看，里子已经换好连衣裙，手上提着挎包。

"你说什么？"

"他在电话上说，让我回寝室。"

"这就要走吗？"

"他说他肚子饿了，让我给他准备饭。"

"傻瓜……"

老板娘从头到脚打量里子。

"你要给一直和别的女人睡觉的男人做饭吗?"

"他说他跟那个女孩儿绝对不会干那种事儿。"

"他跟你撒过多少次谎啦?"

"他没撒谎啊。"

"他和别的女人闯进你的寓所,把你撵走,自享其乐。这样的男人你就不恨吗?"

"恨是恨,但没办法。"

"你再哭鼻子我也不管啦。"

"请老板娘好好休息吧!"

里子毕恭毕敬地鞠了个躬,走出了房门。脚步声刚消逝,老板娘便咂咂嘴,翻个身,将屁股冲向屋门口,蒙上了毛毯。

六

　　一个月后的一天早晨,老板娘还没起床,电话铃就急促地响了起来,打来电话的是里子。她一边哭,一边讲……老板娘曾对里子说过"你哭鼻子我也不管"的话。而里子诉说的事情,又容不得老板娘不管。

　　"老板娘!你得帮帮我,洋介快要死啦。"

　　老板娘刚拿起听筒,里子就哀伤地喊道。

　　"他昨晚遇到了车祸,受伤很严重。"

　　"你昨晚不是和洋介在一起吗?"

　　"起初我们是在一起。四点钟时他要回家,我说不行,他却自顾自地上车走了,结果路上出车祸了。"

　　"他现在在哪儿?"

　　"说是在四谷的同交会医院,腿部和头部都骨折了。我想去医院,老板娘也一起去吧!"

"这样的事儿……"

"事情太可怕了……求求你跟我一起去吧!"

老板娘昨晚和年轻的导演喝到拂晓,才睡了两个多小时。大脑昏沉,脸色黯淡。

"可以不修边幅地去那种地方吗?"

"无需讲究啦。他太太催促快去。"

"洋介的太太吗?"

"是的,也是她通知我的。我马上搭车去你那儿,你准备一下!"

老板娘的公寓在青山①,是里子从惠比寿去往四谷②的必经之路。

"请务必去,拜托啦!我自己不知道怎么去医院探视。"

确实,里子对大医院的情况不熟悉。

"那我就陪你去,送你到医院的病房马上回来。"

"这样就行,这是我目前唯一的愿望!"

里子这种"唯一的愿望"太多,这次好像是千真万确的。

老板娘从床上坐起来,开始为出行做准备。体内的酒精

---

① 地名,位于东京都港区。
② 地名,位于东京新宿区。

尚未分解完,大脑昏昏沉沉,脑海里不时浮现出洋介的面孔。

昨晚洋介罕见地一个人来店里,心情很愉快,酒也喝了不少,是和里子一同离开的。

洋介喝酒时,被里子抓住胳膊别在后背,开着玩笑嬉闹:"你又被逮捕啦!"洋介嗔怒的表情仿佛就在跟前。

老板娘简单地擦上化妆水和粉底,正欲涂口红时,里子来到了。

可能是里子哭过之后擦的香粉,脸上有点斑驳。

"到底什么情况?"

老板娘拿起提包,坐进了等候的出租车。

"据说是昨晚跑高速,车撞到护栏上啦。"

老板娘闭上了眼睛。

"时间太晚,车跑得太急了。"

"那能得救吗?"

"好像不行了。"

里子哭哭啼啼地说。

"所以'希望见他最后一面'。"

"洋介的太太也这么说吗?"

老板娘没见过洋介的妻子,只是听说她是个美女,但是很强势。

"他太太怎么跟你说的呢?"

"不知道啊。"

里子的回答,让人难以理解。因为不到上班高峰,路上车很少。没用十五分钟就到了四谷的医院。

还不到早上七点,医院大门口很安静。

"病房在哪儿?"

"不知道啊。"

里子可能由于惊慌,接电话时忘了问洋介太太。老板娘便向传达室的门卫打听。

"啊,那个人住三楼的三零三房间。"

可能是因为遭遇了重大事故来住院,门卫记得很清楚。

"乘这个电梯到三楼,向左拐,第三间病房应该就是。"

"老板娘,你跟着我去那儿吧!"

老板娘陪里子乘上电梯,按亮三楼的电钮。

"你见过他太太吗?"

"没有啊。怎么和她打招呼呢?"

"只说'我叫里子'就行了。"

里子乖乖地点点头。

她们下了电梯,沿着走廊向左边走,见第三间病房的门上挂着一个标牌,上面写着"谢绝探视"。七点钟了,其他的病房开始有响动，只有那间病房还是静悄悄。

"是那儿！"

老板娘临近病房时，指着门口说。里子点点头。

"我就不进去了，直接回店啦。"

"我说……"

"说什么！"

"洋介应该能得救吧。"

"可能没事儿吧。"

里子又点点头，用祈祷的目光注视着房门。

"那我走啦，有事儿打电话联系！"

老板娘说完，沿着走廊疾步往回走了。

过了两个小时后，里子回到了老板娘的寓所。

因为是一下一下地、断断续续地按门铃，老板娘知道是里子来了。

"怎么样啦？"

"不行啦……"

里子说到此处，在桌子前软绵绵地瘫坐下来。

"是洋介死了吗？"

"是。就在三十分钟以前。"

"真的吗？"

"我在走廊上站了一会儿,他太太走过来对我说的。"

两个人面面相觑,无言以对。里子不由得大哭起来,老板娘也陪着掉起眼泪。

"洋介真傻!"

"……"

"他还年轻……"

不知过了多长时间,老板娘擦干眼泪,抬头看到里子在吃桌子上放着的烤饼。

"洋介临死前,你跟他说过话吗?"

"没有。"

"见过面吗?"

里子点点头。

"他太太曾让我跟他握握手……"

"握过吗?"

"握过,觉得他好像在点头,又好像没知觉。"

"他那时还活着吧。"

"对,手还暖和着。"

里子继而说道:

"据说洋介临终前叮嘱:'如果我有事儿,请通知里子!'"

"可能他有预感吧。"

"可能是因为这样，他太太才告诉我的。"

"是吗……"

老板娘擦了擦眼角，站起来去烧开水，很快就烧开了。

"喂，早晨的咖啡！"

"谢谢！"

里子用小嘴吹去热气，慢慢喝起来。

"人真是太没意思啦。"

"……"

"可是洋介是真的喜欢你啊。"

"老板娘现在理解了？"

里子抬头看着老板娘。

"我早就理解啦。"

"从旁观者的角度看，洋介这个人很任性，很自私。你呢？太可怜。"

"他认为自己无论干什么，别人都会原谅，所以才率性而为的。"

"你真的辛苦啦。"

里子又扑簌簌地流起泪来。

老板娘也感到难过，她本来不想吸烟，却顺手点燃了一支。

"累了吧,休息一下吧!"

"……"

"可以在床上睡啊。"

里子点点头,随手拿起一个烤饼来。

"知道我是洋介的最后一个女人就行啦。我也满足了。对吧?"

"是啊……"

"洋介最后拥抱的是我啊!"

里子仿佛吟诗般地说完,边流着眼泪,边咯吱咯吱地吃起烤饼来。

恋

舍

一

星期天的过午时分,老板娘在自家房间里喝咖啡,电话铃响了。

打来电话的是外甥女宫原亚子。

"怎么啦?亚子!你不是周末到志贺高原滑雪去了吗?"

亚子带着哭腔回答说:

"因为脚受了伤,提前回来啦。"

"真是的……"老板娘为外甥女感叹。

亚子是老板娘大姐的女儿,今年十九岁,也是青山附近一所大学英文专业的二年级学生。大姐考虑到妹妹工作于此的便利,才让自己的独生女亚子到东京上学。

"伤得怎么样?"

"只是崴了脚脖子,没什么大不了的。但右膝盖里面有点疼,腿不能自然弯曲。"

"去医院看过吗？"

"曾在滑雪场让日本红十字会救护班的大夫给湿敷过。明天想去附近的医院就诊。"

"能走路吧？"

"能。我是自己从志贺高原回来的。"

外甥女腿受了伤，好像没什么大不了。老板娘松了一口气。

"滑雪挺危险啊。所以我不愿意让你去滑雪嘛。"

"但滑雪挺有意思。"

亚子从小就在温暖的静冈生活，对她来说，滑雪是一种很有吸引力的消遣方式。

"你和谁撞到一起啦？"

"没和谁冲撞。是自己从高处滑下来，突然发现前面有隆起的东西，来不及躲避摔倒了。"

"本来不会滑，还要上那么高的地方。"

"不能在上山索道的中途下来呀。"

老板娘年轻时也去滑过雪，她也是乘缆车上山的，因为不会滑，就扛着滑雪板下来了。

"自己一定要注意！你要是出了事儿，大家都会责怪我照顾不周的。"

亚子的妈妈与老板娘不同,她的丈夫是银行的业务尖子。她本人脑筋很死板。从生活方式到思维方式,都不同于做生意的单身妹妹。亚子受妈妈影响,也曾很认真,自从来到东京后,变化很大。

妈妈说上大学是为了让亚子镀镀金,日后嫁个好人家。亚子却反对妈妈的意见,欲于大学毕业后,在东京自立。

对此,妈妈略带挖苦地对老板娘说:"亚子欣赏你这样的独身生活啊!"其实老板娘并非出于喜好,才一个人生活。如果有可能,她很愿意像大姐一样组建家庭,过上悠闲自在的生活。然而,始终找不到合适的人。

老板娘希望唯一的外甥女能够顺利地毕业,幸福地结婚。她目前读大学,想法较天真。强行地压制她,既没意义,也没必要。反正到了二十多岁,就自然想出嫁。在此以前,应当让她得到某种程度的自由。

她想去志贺高原滑雪,就让她去了,想不到受了伤。

"你给妈妈打过电话吗?"

"没有啊,她唠叨起来就没完。姨妈也别跟她说!"

"好的。你的腿真的没事儿吗?"

"问题不大。希望您借给我点儿钱!明天去医院,现在是周末,是危急关头。"

"你需要多少？"

"医院收多少呢？"

老板娘也不知道，但觉得做 X 光检查、取药等，需要很多钱。

"这样，不能太少，你就拿两万日元去，好吗？"

"哎呀，真高兴！"

"这是借给你的医疗费。"

"明白。要是用不了，就让同学们去姨妈的店里花！"

"别开玩笑！你要是那样做，我姐姐马上就会从静冈赶过来。"

"没事儿。"

"你说什么？钱怎么到你手？你脚疼，我给你送过去吧！"

"那就太好啦。"

"我这就走。"

"还有，姨妈！你顺便带点儿水果来吧！"

"你是见缝就钻啊。"

老板娘心无旁骛地挂断了电话。

不管怎么说，亚子是老板娘唯一的外甥女。她虽然有些任性、随意，却能把不对妈妈说的事情，如实地告诉老板娘。老板娘自己没有孩子，对她说来，和亚子相处，既觉得可亲可爱，也感到心情愉悦。

老板娘带着两万日元，奔向亚子的公寓。

亚子所住的公寓在涩谷前面的池之上，四个半榻榻米大小的房间里，仅有一个小小的洗碗池。她去年秋天搬离学生宿舍，住进公寓的这个房间时，她和妈妈之间发生过一次激烈地争吵。

妈妈反对说："一个女孩儿，单独租房住，不知要搞什么名堂。"亚子坚持说："图清闲，就想一个人住，方便、自在。"谁也说服不了谁。

"要让她体验一次，她心里才会安定。"

老板娘认为人间的万事万物，经验是极为重要的。

老板娘带着钱到了池之上的那家公寓，看到亚子正坐在床座两用的沙发上阅读周刊杂志。

亚子租住的房间不大，安有一张不大的桌子和四角形的时装箱，还有个很小的书架，就显得满满当当。墙上吊挂着布制的吉祥物和唱片封套，极具年轻女性的风格。

"哪儿受伤啦？"

"等等，马上就脱给你看。"

亚子个子不太高，但身材苗条且匀称。面容算不上姣好，鼻子有点向上冲，但让人觉得很可爱。她从小学开始，一直练芭蕾舞，所以腿部舒展修长。亚子卷起半长裙，将右腿架在沙发上，让姨妈查看。

膝盖周围泛着红色，好像有点肿。

"疼吗？"

"不怎么疼……"

姨妈让转动一下，亚子一边弯曲膝盖，一边把腿向右扭。突然发出一声尖叫："哎呀！疼死了！"

"扭动要比弯曲疼啊。"

"那儿不湿敷没事儿吗？"姨妈指着膝盖说。

"湿敷过，但皮肤发炎红肿，再说膝盖上缠着绷带，不好看吧。"

"不是好看不好看的问题。明天马上去医院。"

"附近就有外科医院，那儿行吗？"

"大医院不好吗？广尾①有都立医院呢。"

"大医院人多，候诊时间长，说不定会碰上新上任的大夫。"

"去哪儿都行，诊查完了，马上告诉我结果！"

老板娘说完，把买来的橘子和菠萝放到桌子角上。

---

① 地名，位于东京涩谷区东南端。

二

"喂,姨妈,请听着!"

第二天过午,亚子打来电话。

"他个子高高的,穿着白大褂,很帅。"

"你突然说什么呢?你去过医院了吧?"

"是啊,刚诊查完。"

"伤怎么样?"

"哎呀……"

亚子的声音突然变得没有兴致。

"说没什么大不了。"

"你再说得详细点儿!"

"大夫说骨头没问题,腿在扭动时损伤了膝关节。不用做手术或湿敷,只要缠上带松紧的绷带,不乱扭动,安静地待着很快就好啦。"

"开药了吗?"

"先给了一些,让三天后再去拿。"

"在这疗伤期间可以走路吗?"

"大夫说别去太远的地方就行。还说不能上下坡。以后走下坡路的时候,就要像螃蟹一样横行啦。"

"这不是开玩笑的时候。看起来没什么大问题。"

"是的,很无聊。"

"什么无聊?"

"我在星期四以前见不到那个大夫。"

"你去医院干什么?"

"因为那个大夫很帅啊。既年轻,又有风度,眼睛深深的,看上去有点沉静。你知道法国男演员雷诺·贝尔烈吗?他很像。"

"……"

"喂,姨妈,我下次去的时候,你也一起去吧。姨妈见到他,肯定会感兴趣的。"

"别开玩笑啊。月底啦,我要忙着写付账通知单、跑银行。"

老板娘着急地说。

"他穿着上下分开的白大褂,人很和蔼。弹性绷带是他特意给我缠上的。"

"那就尽量别解开!"

"他说睡觉时要解开。就这么缠着睡吧!"

"喂喂,你是病人啊。得按大夫说的做!"

"那个大夫讲得很好懂。他说人在跌倒时,固定膝盖的韧带没有弹力了,很容易造成挫拉伤,还给画画讲解。把那画要来就好啦。"

"那就好。"

"还有,姨妈,只花了三千日元。拍了两张片,还给了药,很便宜吧。"

"钱要好好拿着!"

"果然像姨妈说的那样,广尾的那家医院很好。下次要是有亲友受伤,可以去那家医院。"

"谢谢你这么热心!"

"星期四再去医院,再向你报告。"

"不用报告大夫的情况,只报告伤势好转情况就行!"

交谈到最后,老板娘叮嘱亚子:"晚上一定把弹性绷带摘掉!"尔后放下了听筒。

两天后的傍晚,亚子来到老板娘的公寓。她可能出于遮盖裹在腿上的弹性绷带之目的,穿着T恤衫和牛仔裤。

185

"膝盖怎么样了?"

"托您的福,好点儿啦。"

亚子恶作剧般地耸肩笑了笑,继而一本正经地说:

"姨妈,我想求您一件事儿。"

"什么事儿,莫非又要借钱?"

"钱还有,是想借你一条围巾!姨妈不是有条三色旗带小点儿的围巾吗。反正您用不着。"

"可以借给你,你要干吗?"

"我明天要去医院。我觉得那条围巾配这件T恤衫很好看。您觉得呢?"

"是啊。"

老板娘赶紧拉开橱柜的抽屉。

"在这儿,拿吧!"

"哎呀,有好多条呢。"

亚子取出围巾,一条条依次围在脖子上试戴。老板娘从洗碗池旁拿来玻璃壶,为亚子冲咖啡。

"可以借给我这条吗?"

"可以,就送给你吧。"

"真的?那我太高兴啦。"

亚子把选定的白、蓝、红三色围巾再次围在脖子上,又照了照镜子。

"戴着很协调。膝盖没事儿吗?"

"我想,从明天起,每天都去医院。"

"为了见到贝尔烈先生吗?"

"他真的很帅,姨妈肯定会迷恋的。"

"我不会迷恋男人的容貌和外形。男人要经历过人生的波折,还要有点深度。"

"哎呀,那位大夫也很有深度啊。睫毛很长,一看他的眼睛就会被吸引住。"

"是一见钟情吧!"

"人嘛,第一印象是很重要的。有好的开端,就会有好的结果。就是一见钟情,也没什么不好。"

"什么都好。你对男人没有免疫力,要当心!"

"别小看人!我上女校一直到高中,上了大学接触男同学,交了很多男朋友。"

"那只是普通的朋友。喜欢你或迷恋你的男性与你幽会,是不会暴露本性的。"

"姨妈的意思是让我更加深入地跟他交往吗?"

"你要是那样,你妈会责骂你的。"

"没办法嘛。"

老板娘认为：为了增强亚子对男性的抵抗力，可以牛刀小试。但不能弄巧成拙，弄得不可挽回。亚子实际上并不了解男人，仅凭她平常说的话和做的事就能知道。她交际圈中的同性朋友大多很顽固、很天真。属于现代城市女性中的不成熟那一群。

"男人有的是，不必急着找！"

"没着急，喜欢就没办法了。"

老板娘想：假如亚子是自己的亲生女儿，自己可以加以干预，而姐姐的女儿就难办了。

"哎呀，仰慕医院的大夫还说得过去啊？"

"那个大夫真要是求我，我也许就会给他。"

"别乱说！"

"昨晚还梦到我和他交谈呢。"

"送给你条围巾，你就光做梦吧！"

老板娘口里喝着咖啡，心里渐渐不安起来。

三

第二天下午,老板娘刚从睡梦中醒来,正准备整理昨晚的记账单时,亚子出现了。

亚子的大衣襟缝显露出那条三色围巾,头发也烫出了漂亮的卷儿,但脸色有点黯淡。

"我去医院了,冈大夫不在啊。"

"冈大夫就是雷诺·贝尔烈吗?"

亚子点点头,

"他太过分啦。让我过三天再去,结果我去了,他不在,只有个怪模样的大夫像螃蟹一样戴着眼镜呆坐在那里。"

老板娘放声地笑了。

"说冈大夫只有星期一才来那家医院。真欺负人!好不容易去趟医院。"

"那个贝尔烈不是那家医院的专属医生?"

"说是只有每周星期一,才从庆应医院过来支援诊疗。"

"他是大学老师吗?"

"是。"

"你吃吗?"

老板娘打开昨晚客人送给她的寿司,问亚子。

亚子边吃边问:

"我去庆应医院看看好吗?"

"那么远,算了吧!"

"那位大夫太好了。"

"就是去大学附院,也未必能请到那位大夫看嘛。再说又不是什么大不了的病,让哪个大夫看都一样啊。"

"有差异。今天,那个螃蟹连膝盖都没摸,就说'好啦'。"

"因为这是第二次嘛。"

"伤情也许会变化。应该再慎重点儿。那样的庸医不行啊。"

"也是啊。"

老板娘不愿意跟亚子正面纷争。亚子又说:

"那个螃蟹也很可恨,他让我两天以后再去。"

"两天后不就是星期六吗?"

"他是使坏,不让我见冈大夫。"

"不会那样吧。"

"让我星期一去不行吗?"

"你可以说'我星期六来不了'嘛。你的膝盖怎么样了?"

"没事儿。"

一提到腿伤,亚子立刻变得冷淡和无兴致。

亚子从那天起,没再与老板娘联系。

她没有主动联系姨妈,就意味着平安无事。老板娘暂时忘记了亚子。

第四天,也就是星期一的下午,亚子来到了老板娘的公寓。这次她穿着裙子和T恤衫,系着老板娘送给她的围巾。

"喂,我见到他啦。"

亚子刚进门就兴奋地报告。接着掀起裙子来,指着腿上说:

"这个,他又给缠上啦。"

亚子指的是那个美男子医生给她缠的绷带。

"他说这种伤,开头一个月很重要,要是马马虎虎地不管不顾,会慢慢引起关节炎。"

"你应该没事儿吧?"

"大夫说好多了。他翻看我的病历,说你大老远跑来,辛苦啦。"

"嘿!这么说,那个贝尔烈对你还很关心呢。"

"没有啊。他对大家都一样热情。所以星期一患者特别多,要花很长时间排队。"

"大概都是女性吧。"

"喂,姨妈,没有办法让那个大夫知道吗?"

"知道什么?"

"我喜欢他。否则,他会被别人抢走的。"

"这不是开玩笑吧?"

"我要是能跟那个大夫幽会,死了也值得啊。"

"别乱说!"

"您给想个办法吧!"

亚子冲着老板娘合掌祈求。老板娘想:要不就给她助助威。

"那个大夫知道你的名字吗?"

"应当知道……"

"你往医院打一次电话试试看!"

"我怎么说呢?"

"就说一下你的名字,想单独见他一下!"

"不合适。那样,他会认为我是个厚脸皮的女人,从而讨厌我。"

"那就说'我想问问治伤的事儿'行吧?"

"可是,这事儿可以在医院问吧。"

老板娘沏了一杯茶,说:

"要不就这么说:'我有件事儿想跟您说一下,在医院里不方便,找个地方说可以吗?'"

"我没有自信啊。"

"没事的。"

"他要是拒绝了,那就完了。"

对老板娘来说,什么结果都无所谓。而亚子交叉着双臂,一脸认真的模样,又激起了她的疼爱之心。

"我带着花去看伤怎么样?诊疗完了交给他。"

"那样人家会觉得荒唐,也会被护士盯上。"

"对啦,还有护士呢。"

"冈大夫诊察时,总有一个护士在助理。她眼睛很小,心眼儿很坏。"

"冈大夫能跟她有特殊关系吗?"

"不能,他不是那样的大夫啊。"

"可是男人弄不懂啊。医生靠不住啊。"

"绝对不能。那个大夫是个很了不起的人。"

"你对他那么有好感,他自然知道一二吧。"

"我是一边受诊,一边念咒。"

"念咒?"

"说'请喜欢我吧!'这样的话……"

"你觉得这样能感动上帝吗?"

"是啊。"

亚子兴高采烈地谈论她和对方的一些别人看来很无聊的事情。出于无奈,老板娘只能随声附和,别无他法。

四

次周的星期一下午,老板娘正在看电视,门铃响了。

老板娘打开房门,看到亚子两手插在大衣口袋里,满面愁容地站在门外。

"怎么啦?"

亚子没回答,一进房间,就一屁股坐在沙发上。

"我被训斥了一顿……"

亚子说完,闭上眼睛,咬住嘴唇。

"你好好说!是大夫训斥你吗?"

"不是,是护士训斥我的。"

"护士说什么啦?"

"她说,'你定好的日子不来'。可是我……"

亚子的脸颊上,有一道不太清晰的泪痕。

"那个护士不是知道你喜欢那个大夫吗?"

"星期一不能去啦。"

"那个大夫没说什么吗?"

亚子默默地点点头。

"那没事儿的。病人有权利选择医生。没关系,咱们光明正大地去。"

听到姨妈这么说,亚子来了精神,擦去脸上的泪水,信心满满地说:

"我还是星期一去。"

"这么做才是个女人。"

老板娘似乎有点得意,又有点忧虑:

"那个大夫怎么还没注意到你呢?他是个很好的男人,但多少有点迟钝。"

"不是。那个大夫在专心致志地工作。"

"不过,要他知道才行。"

"他说:伤很快就会好的,再去两三次就行。"

"是吗……那样的话,表白机会就少了。"

"要不我再扭伤一次吧?"

"别说傻话!"

老板娘虽然这样训斥,却想不出好的主意,两人陷入了沉默。

"我写了封信。"亚子突然发话。

"情书?"

"很想今天寄走,但是寄不走。"

"让我看看!"

"你不会笑话我吧?"

"不会的。"

亚子从手提包里取出个白色的、横写格式的信封,里面装着几张带花卉图案的信笺。

信笺上的字写得很工整。

"您的信我拜读了。绝对没想到大夫能给自己回信,感到很惊讶……"

老板娘读到这里,不禁疑窦丛生:

"你收到过大夫的信吗?"

"哎呀,不是这封,是这封。"

亚子急忙拿出另一封信。

"我写过好几封信,总觉得收到过大夫的信,那封信就权当大夫的回信。"

这说明病情很严重:现实与梦想已混为一谈。

老板娘叹了口气后,接着读亚子的另一封信。

"前略,突然给您写信,恕我失礼!我叫宫原亚子,从一月中旬起因膝盖扭伤而去找你治疗……"

老板娘还没看完，信被亚子一把夺去了。

"怎么这样？"老板娘有点发愣。

亚子把信撕得粉碎。

"怎么啦？"

"我已经讨厌啦……"

亚子说完，突然趴到了桌子上。

好像亚子因无法让对方了解到自己的心情，而感到懊恼，情绪不能自控了。

她呜呜地哭了起来。

"亚子！"

老板娘把手搭在亚子微微颤动的肩头上，忆起了自己的年轻时代。

老板娘在十八岁时有过类似经历。她喜欢高中的生物老师，故而拼命地学生物，想以特别优异的成绩引起对方注意，结果得不到对方理解，故破罐子破摔，不是迟到，就是早退，或者交白卷，结果换来的是更加严厉的训斥。

现在回想起来，觉得实在幼稚，当时的态度却很认真。

现在的亚子，也与之相似，既感到无助，又不知如何是好。

如果换作今天的自己，她会厚下脸皮来，耍耍恋爱手腕，也不会对此操之过急。当然，这会失去女人的纯真，与青春时代的纯粹而执着不相符合。

老板娘觉得亚子很可怜，又无其他办法劝阻，只能让她尽情地哭泣。

女人只要哭一下，嚷一下，情绪慢慢平静下来，就会涌现出新的力量。这也是老板娘的过往经验。

"没事儿。那个大夫早晚会知道的。"

老板娘看准时机，在亚子耳畔低声细语。

"来，擦擦眼泪！只要你念念咒，说无论何时何地都喜欢他，就一定能感动上帝。"

也许老板娘有点老道。也许亚子适合这种年轻而纯真的恋爱方式。

五

从那时起有半个多月,亚子没有任何音信。

如果和那个大夫进展顺利,亚子会来这儿的。如果进展不顺利,她没来这儿,兴许是她想开了。只是觉得她有点可怜。只要事情能够平平顺顺地过去就好。正当老板娘想这件事时,广尾医院突然打来了电话。

"您认识宫原亚子小姐吗?"

"我是她姨妈。"

"宫原小姐在医院突然倒下了。"

"啊……"老板娘大吃一惊。

"我觉得不要紧,先给她打了一针,她正在这儿休息。您能来外科门诊接她吗?"

"我马上就去,不要紧吧?"

"大夫说可能是贫血。"

"对不起！我马上就去，请多关照！"

老板娘昨晚熬到很晚，此时还在被窝里。她接完电话，一个鱼跃翻身下床，急急忙忙做准备。不小心被小橱柜的门夹了一下手。

"哎哟……"

老板娘感到钻心地疼，不由得甩了甩手指头，又用嘴吮吸了一下。定睛一看，指甲根儿变得有点青紫。她得赶紧去医院，不能让这点手伤纠缠住。

老板娘忍着剧疼把头发梳理好，穿上裙子和毛衣，戴上墨镜，出门拦了辆出租车。

老板娘赶到医院，医护人员好像在午休。看不到病人的身影。正巧传达室有个年轻女性正在无聊地阅读周刊杂志。

"请问宫原亚子在哪儿？"

女性点点头，示意跟她走，把老板娘领到了门诊旁边的治疗室。

"她在里边床上休息。"

老板娘道谢后，推开了房门。

消毒液的气味儿扑鼻而来。屋子的正面放着药品架和器械架。右边拉着白色的帘子，隐约能看见里面有床。

老板娘慢慢地掀起帘子，见亚子双目微闭，安安静静地躺在床上，胸口上搭着白毛巾。

"亚子!"

老板娘多少有点惊慌，不由得在亚子枕边俯下身子。

"你怎么啦?"

亚子睁开眼睛，环视一下四周，将食指压在唇上，发出"嘘……"的长音。然后小声说："没事的，请姨妈放心!"

看上去，亚子的气色不错，声音也很清楚。

"听说你倒下了，感到很惊讶，我来接你呢。"

"你叫一下大夫!"

"要干什么?"

"你不用管，叫一下就行!"

老板娘按她的要求，让传达室的女性请大夫来一下。

"大夫说马上就来。"

老板娘回到治疗室告诉亚子，亚子点了点头，

"喂，这个大夫很帅，你注意看一下!"

"可是你的身体……"

"没事儿，我是故意倒下的。"

"你说什么……"

老板娘像泄了气的皮球，浑身瘫软下来，指头也跟着疼起来了。

"你让我马上来，慌忙之中夹了手。"

"那就顺便请冈大夫给看一下！"

"别开玩笑！"

"好不容易来医院，就那么忍着不治，指甲也许会脱落的。"

突然听到开门声。眨眼间，亚子已把毛巾拉了上来，闭上了眼睛。

"怎么样？"

问话的医师身高接近一米八，胖瘦适中，双肩结实，可能是穿着白大褂的缘故，猛然看上去，年逾三十岁，仔细端详一下，眉清目秀，二十来岁的样子。

"我是亚子的姨妈。"老板娘自我介绍。

"啊，我姓冈。"

医师轻轻地鞠了一躬，凑到亚子床前问道："怎么样？"

亚子慢慢地睁开眼睛，用微弱的声音回答："唉……"

"没哪儿不舒服吧？"

"唉……"

医师轻轻地挪开毛巾，为亚子诊脉。亚子再次闭上眼睛，将小小的鼻子傲气地冲着上面。过了一会儿，医师放开手，对亚子说：

"你起身活动活动试试！"

于是，亚子睁开眼睛，慢慢地挺起上半身。

"不头晕吧？"

"唉……"

医师又看了看老板娘，很自信地说：

"我认为她是劳累加贫血导致晕倒。不要紧的。可以带她回家啦。"

"给您添了很多麻烦，对不起！"

"不……"

医师困窘的表情中流露出青年的纯真。亚子一边系着衬衫的纽扣，一边说：

"姨妈，也请大夫给你看看吧！"

"这……"

老板娘有些难为情。亚子却满不在乎地说：

"大夫，姨妈刚才出门时挤着手了，您能给看一下吗？"

"亚子！"

老板娘摇头示意不必劳驾。但在医师的注视下，又不由得伸出受伤的手指来。

"有点慌张，让门夹了一下……"

"肿着呢。"

医师一边轻轻地抚摸着指尖，一边说。

"我觉得不要紧,也许接下来还会肿胀,给您湿敷一下好吗?"

"不用,我自己湿敷就行。"

"好不容易来医院一趟,就请大夫给湿敷一下吧!"亚子趁热打铁。

冈医师从隔板上取下冷纱布,按住老板娘手指,在外面缠上了绷带。

"放任不管,就会成为瘭疽,还是冷敷两三天为好。"

"谢谢!"

老板娘臊得脸上发烧,连她自己都能感觉到。

"怎么结账呢?"

"不,不用。"

医师莞尔一笑,不!是眉开眼笑,显得和蔼极了。

"那多保重!"

见医师马上要离开。亚子紧跟着问道:

"大夫,下次是什么时候来?"

"可以在三四天后。"

医师说完这句话就走了。两个人望着他的背影,不由得扼腕叹息。

"那就是贝尔烈大夫吧?"

"对,很帅吧。"

确实，就是按老板娘的眼光看，他也是个很英俊的男人，怪不得年轻的亚子会一见钟情。

"你真厉害啊！"

"因为怎么祷告都没用，不如耍点小花招。"

"耍花招，让人识破了怎么办？"

"识破了再说。"

亚子沉着地昂首挺胸。

"我故意倒地时，他吓了一跳，马上给我注射药物，让我躺在床上休息，热情得很啊。"

"你居然是在诊察时倒下的。"

"当时我虔诚地向神祷告：让我不舒服！结果真的头晕倒下啦。"

"我也被你利用啦。"

"因为他问我有没有熟识的人。"

"你这种人真少有啊。"

"能见到冈大夫挺好吧。"

老板娘也让他给湿敷过，不能说不好。

"这样冈大夫绝对忘不了我啦。"

亚子像是做梦般地嘟哝道。

老板娘看着亚子那张写满幸福的脸，觉得自己的手指疼得更厉害了。

六

半月之后的一个星期一下午,亚子又来到老板娘的公寓。她好像又是刚从医院回来,一进门就坐在沙发上叹息。

"怎么啦?"

"姨妈,他太过分啦!"

亚子把挎包扔到一边,悻悻地说:

"他竟然说:'你用不着再来啦。'"

"这是什么意思?"

"他说我已经好啦。"

"好了也就没理由去啦。"

"不去我可就见不到他啦。喂,你说我该怎么办呢?"

老板娘也没有什么好主意。

"贝尔烈大夫没说别的吗?"

"他只是说:'没事儿啦。挺好啊。'"

"他作为医生,按对待一般病人的方式对待你。是人之常情。你也要想得开,完事就完事啦。"

"不,我绝对想不开。"

亚子用力地摇头。

"姨妈,求求您,帮忙打听一下那个大夫家住何处吧!"

"你要干吗?"

"我就想了解一下。他在庆应①的外科工作,打听一下该不难吧。"

"你可以自己打听嘛。"

"女人的声音人家会提防的。"

"我也是女人呀。"

"我想尽量不让别人知道。喂,您庆应有熟人吗?"

"倒是有。"

有个常到老板娘店里来喝酒的医师,毕业于庆应,正在开医院。

"可是你打听人家住址,要干吗呢?"

"后面干吗再考虑。总之,我想知道他家在哪儿。"

"你要尽量想开点儿!姨妈再给你找个更合适的人。"

---

① 日本著名私立大学"庆应大学"的简称。

"不，姨妈，求求您!"

亚子又要双手合十地苦苦哀求。

"如果你不顺从我，我还会受伤。我把自己的手或腿砍伤去住院。"

"冷静点儿！亚子！"

亚子很任性，老板娘对此既怜惜又无奈。

"那我给你打听一下好啦。"

"太高兴啦。毕竟还是亲姨妈啊。"

亚子笑靥如花。

常来"星期三的早晨"喝酒的医师姓森川，毕业于庆应大学，今年四十多岁，是内科医生。

他在赤坂二丁目的大楼内开医院。基本上一周来店里喝一次酒。老板娘感冒时，曾去找他看过两次病。这个医生很爽快，也比较好说话。但是特意打电话让他打听与治病无关的事，也觉得有点不好意思。老板娘决定等他来喝酒时顺便说。第五天，他来了。

"大夫，我想托您打听一件事儿。"

老板娘有点难为情地说起亚子让她打听那个大夫的事儿。

"好。年轻的医生好啊！"

森川一边笑笑,一边在笔记本上寄下贝尔烈大夫的名字。

"我学的是内科,大学毕业已很长时间了,不太了解外科的情况。我有个同年级的高中同学,现在庆应当外科副教授,就问问他吧!"

"拜托!"

"除了打听住址外,还打听什么?"

"尽可能打听一下他是个什么样的人……"

"亚子姑娘是想和那个漂亮小伙儿谈恋爱吗?"

"我不知道她是怎么想的。猜不出现在的年轻女孩儿都想些什么。"

"我也想年轻二十岁啊。"

"大夫现在还想谈恋爱吗?"

"这么大年纪不行啦。比方说她,我去找过她十多次,今天才好歹跟我一起出来喝酒。"

"瞎说什么呀……"

坐在身旁的女性用胳膊肘儿轻轻地捣了森川一下,森川医师赶忙放下了酒杯。

"总而言之,给医师您添麻烦了,请多关照!"

老板娘一个劲儿地鞠躬。

老板娘把亚子要她打听的事儿托付给森川之后,亚子每天都来电话问结果。

"喂,弄清楚了吗?"

亚子的第一句话总是这样开宗明义。

"哎呀,你冷静点儿!人家也有工作,要抽时间去打听。"

"这件事儿也可以在电话上问一下嘛。他在那里傻愣愣地干什么?"

"森川大夫大学毕业很久了,不是那么简单呀。"

"老人就爱摆架子啊。"

亚子对自己的任性佯装不觉。

"我每天一想起他,就要发疯啊。"

大学快放春假了。亚子好像无心复习功课,心中只有贝尔烈大夫。

"你再稍微等等吧!"

作为姨妈,她只能这么说,别无办法。

一周后,森川医师又来到"星期三的早晨"。

还是和上次一起来的那位女性结伴前来。

"喂,老板娘,那件事不行啊。"

森川医师一进来就对老板娘这么说。

"人家已经结婚了。"

"真的吗?"

"他今年二十八岁。是个聪明、优秀的男人,已于一年前结婚,现住在立川的住宅新村。他妻子是三鹰医院院长的女儿,结婚刚满一年,小两口很恩爱。亚子再喜欢也不行啊。"

老板娘听他这么一说,也觉得有点失落。那个人看起来帅气、纯真,好像也很沉着,比较受年轻姑娘们欢迎。他却丝毫不关注这些事,一如既往地对病人和蔼、热情。也许是因为他已经结婚成家了,才有了那种满足的从容。

"哎呀,好好劝劝你侄女,让她想开点儿!"

"明白了。"

"我不能代替贝尔烈大夫吗?"

"很遗憾……"

周围的客人听到他们调侃的对话,一起哄笑了。

"原来如此,非常专一。"

森川医师顽皮地点点头。

"我没给你帮上忙啊。"

"哪儿的话!给您添麻烦啦,很对不起!"

老板娘又鞠了一躬。然后往森川医师的酒杯里斟威士忌,她边倒边说:

"这样也好。这样她就能静下心来学习啦。"

"这不算什么,男人有的是。如果她愿意,我可以给她介绍。"

"拜托!"

"干杯!"

不知为什么,森川医师碰了一下身旁那位女性的酒杯,把威士忌一口喝光了。

七

　　第二天下午，老板娘把森川医师打听的情况告诉了亚子。

　　亚子还是像往常那样急匆匆打来电话，老板娘这次镇静地跟她说明情况。

　　亚子听到实情，瞬间惊讶地喊了一声"啊"，然后沉默了一阵子。

　　"这是真的吗？"

　　"没错儿。是森川大夫通过庆应的外科副教授了解的。"

　　"……"

　　"这样就弄清楚实情了，不要难受。你还年轻，合适的人有的是。"

　　"……"

　　"这次就作为一段回忆吧……"

　　话未说完，电话就突然挂断了。

"亚子！亚子！"

老板娘怎么叫她，都没有回音。

可能是亚子精神受到了打击，这在年轻人来讲比较正常。总之，先让她那么待着冷静几天吧。除此以外，别无他法。

等她过几天冷静下来，就会再来电话，或者直接来找自己。

老板娘决定暂时不管她。

然而过去了两天，又过去了三天，亚子仍然没联系老板娘。

什么情况呢？老板娘渐渐地开始担心起来。

是她受到失恋打击而卧床不起啦？还是服药寻短见了？

老板娘净往坏里想。

第六天的中午，老板娘一起床就联系亚子。

亚子的房间里没有电话，只能传呼。

请管理员给传呼，亚子好像不在寓所。

难道是到哪儿旅行去啦？还是……

老板娘惴惴不安地去了亚子的寓所，亚子果然不在。

请管理员打开房间一看，床上胡乱堆放着裙子和毛衣，洗碗池里泡着很脏的咖啡杯，看样子已有两三天没回来了。

好像是外出了……

能去哪儿呢？不会出问题吧，但也不能掉以轻心。

当初跟她说打听的结果时，不应该打电话，应该直接与她见面，一边观察她的反应，一边说实情。

老板娘感到很后悔，但为时已晚。她闷闷不乐地回到自己的寓所。

再等一天吧，如果她还不在，就给静冈的姐姐家打电话。

老板娘打定主意后，准备去店里。这时候，门铃响了。

老板娘赶紧开门一看，竟是亚子。她穿着淡蓝色的连衣裙，戴着大檐帽，手提一纸袋，活脱脱一副小姐装扮，很是端庄地站在那里。

"你去哪儿啦？我一直到处找你。"

"去京都啦。"

"去京都干吗啦？"

"瞧！这条裙子大家都没买。我穿着挺合适吧。"

亚子一只手按着帽子，另一只手轻轻抓着裙子下摆，快速地转了一圈。

"裙子不错。说得也很悠闲！"

"这是京都特产。送给姨妈。"

亚子从纸袋里取出一包咸菜。

"哎呀，我的肚子饿啦。让我吃点儿东西吧！"

亚子关上门，走进房间。

"怎么不打声招呼就去京都了呢？姨妈还在担心你承受不住打击，怕你想不开而喝药呢！我今天中午去过你的房间。"

"哼，我怎么可能为那样的人喝药呢？"

亚子说着，拿起桌上的香烟迅速点燃，抽第一口就被呛着了。

"因为你那么喜欢。"

"别误会！我一点儿也不喜欢。"

"真的？"

"那样的男人哪儿好呢？我还以为他会受捧呢，没有男子气概啊。"

"……"

"姨妈幸亏没去找他治手伤。要是去的话，现在指甲就没啦。"

"你怎么啦，亚子！"

老板娘瞅着亚子：她是不是发疯了呢？

亚子却满不在乎地说："那个庸医其实很差劲儿！再拙劣不过啦！"

"别说啦！"

"哎呀，去京都真爽快！钱都花啦。"

亚子说完，便仰着身子倒在沙发上，"嘻"地大吁了一口气。

"亚子啊！"

老板娘不知说什么好。

"要打起精神来！"

老板娘极力劝慰亚子，亚子两眼一动不动地凝望着天花板，眼眶里滚落下一颗又一颗硕大的泪珠。

恋

离

一

深夜一点,"星期三的早晨"要打烊了。

还有真吾和一对男女客人没走,这对客人也站起来准备离开了。

"谢谢!"

老板娘把两人送到电梯口后疾步走回来。

"哎呀,今天终于结束啦。"老板娘一脸疲惫。

"我还在这里嘛。"

"你不算客人。"

店里还剩老板娘、真吾和上晚班的三个女孩儿共五个人。

"可能希望我也快走吧。"

"是啊……"

老板娘一边点头,一边清点销货账单。

"不过,我倒是挺喜欢最后一个洗澡的感觉。"

"你说什么，最后一个洗澡？"

"类似于酒吧快要打烊时喝酒。"

"你该不是把酒吧误当成澡堂了吧？"

"没有。老板娘说过'澡堂打烊时'吧？"

"以前说过……"

"当今的公寓里都有浴室，去公共澡堂的人少了。"

"直到两三年前，我还去澡堂呢。"

"阿真的房间里有浴室吧？"

"有，但是烧热水挺麻烦，水也不及澡堂里热。"

"那倒是啊。"

"我与室友去洗澡，一般过十二点，人极少，有时只剩我俩。两人还得谦让：谁先洗呢？"

"赶紧一同洗完，不就行了嘛。"

"坐在收费台上的人可能也这样想。他们越是这样想，我俩越坚持慢慢来。"

"真是两个怪人。"

"见两个人还慢慢悠悠，澡堂的工作人员就进到里面，把木桶排成三角形。"

"那样还坚持吗？"

"这是男人的志气。"

"这是不正常的志气……"

"过一会儿,他们又开始给浴盆扣盖子,按顺序把木板全部铺上。只剩下我们在用的两个浴盆,直到只剩下脖子部分。"

"居然被搞成那样还不撤,可真待得住啊。"

"有人竟然连热水给放掉。"

"都不像话……"

"赖在澡堂里不讨人喜欢,不像话。现在你这里也一样,酒杯接二连三地都撤下去了,只剩下我的啦。"

真吾又把酒杯端起来。

"别喝啦!走吧!"

老板娘把账单夹在账簿里,放进手提包。

"阿圭,你可以走啦!"

正在洗酒杯的叫阿圭的女孩儿干到一点钟就要收工。

"辛苦啦!"

听老板娘这么说,女孩儿便擦了擦手,做收工回家的准备。

"老板娘,咱们去外面喝点儿好吗?"

真吾把最后的一口威士忌喝干后,发出邀请。

"可以,你不回家去吗?"

"明天是星期六,休息。"

"你可是燕尔新婚呀!"

真吾三个月前刚刚结婚。

"已经一点半啦。可能太太在家等着你呢。"

"我想跟老板娘说点事儿,所以不急着回家……"

"什么事儿?"

"在下一个店里说。"

真吾好像有点醉了,但是,他不是个习性不好的男人。

"阿圭也一起去吧?"

老板娘招呼准备回家的女孩儿。

"我明早有事儿,要先走一步。"

"好吧,那再见!"

老板娘点点头,站了起来。

老板娘和真吾离开"星期三的早晨",去了一木大街后面一个名叫"小型"的酒馆。

这家店开到夜里三点,老板娘经常打烊后去那里喝酒。

反正是喝酒,不如在自家店里喝得随意,不过,去别家店省心省力。

两人并排坐在吧台的一端,点了兑水威士忌。

"再来一个比萨饼!"

老板娘肚子有点饿了。

店的中央有个青年在自己演奏歌曲。因为这家店开到下半夜,两个人入座后,不断有客人前来。

老板娘把座椅往真吾身边靠了靠,问真吾:

"什么事儿?"

真吾露出困窘的表情,一边往上拢头发,一边回答:

"我觉得还是不成功。"

"你指什么?"

"结婚。"

老板娘把叼在嘴上的外国香烟拿回手上,侧目看了看真吾。

"你不是喜欢自己的太太,才跟她结婚的嘛。"

"那倒是……"

老板娘曾听真吾的同事新谷说起过他太太的事儿。

他太太家在横滨,岳父做贸易商,好像很有钱。真吾和她是通过公司的专务董事介绍相识,不久前结婚的。真吾的父亲是某个地方大学的教授,他自己是一个叫 M 的一流商社的职员。一般人认为,他们是很般配的一对夫妻。

他太太虽然不是特别漂亮,却是从东京的驰名大学毕业的,精通茶道、花道和烹调,而且是日本舞蹈的艺名取得者,可以说是个理想的新娘。

"你们经常吵架?"

"不是。"

"有什么看不中的地方吗?"

"没有。"

"把你照顾得挺好吧?"

"挺好……"

"那你没什么不满嘛。你要沉稳知足点儿!"

老板娘拍拍真吾的膝盖,突然想起来什么,她问道:

"你是忘不了那个人吧?"

"……"

"你还喜欢奈津子吗?"

真吾决意地抬起下巴,点点头说:

"很荒唐……"

"肯定是很荒唐。"

老板娘一口气喝光了杯中的威士忌。

"我当时问过你好几次:'你真的可以舍弃奈津子吗?'你说可以。"

真吾垂着头,当初在店里表达心愿的那种锐气不知哪去了。

"现在再说这些不行啦。已经晚啦。"

老板娘继续喝威士忌,因呷得太多,不小心呛了一下。

二

奈津子是老板娘介绍给真吾的。当时的奈津子,在"星期三的早晨"工作。说是老板娘介绍的,实际上,她只是介绍两个人相识,并未明确两个人的恋人关系,他们是随意地好起来的。

当时,奈津子白天在涩谷的设计学校上学,晚上来"星期三的早晨"打工。

奈津子的愿望是将来当个设计师,并以此自立谋生。

这个设计师主要负责妇女杂志的时尚栏目,准备模特的服装、鞋帽和首饰之类的装饰用品,进行符合规划的设计。还要不断地追求时尚,需要有独特的审美能力。对于年轻女性而言,这项工作极受欢迎。

正因为如此,竞争也相当激烈,能够得到这份工作很不容易。

他们的社会交际范围也广，从期刊的编辑到摄影师，从西装制卖店到装饰用品店，各方面都涉及。

　　可以说，奈津子虽年轻，却很努力，很能干，她也乐于这样干。

　　她和真吾相识是在三年前，相识之后不到半年，就从"星期三的早晨"辞工了。

　　表面上的理由是奈津子从设计学校毕业了，能够自立谋生了。而真实原因是真吾和她确立关系后劝她辞掉的。

　　从那以后，两个人经常往来于"星期三的早晨"。

　　真吾的家在荻窪①，奈津子的家在下北泽，方向相反，但距离阻挡不住两人的往来。好像奈津子从店里辞工后，他们就同居在一起了。

　　怎么说呢，二十八岁的真吾心胸开阔，做事不畏艰难。比他小四岁的奈津子眉清目秀，口齿伶俐。可以说男人的坚强和女人的柔美结合得恰如其分。

　　然而两人同居一年后，各自开始跟他人倾诉对方的一些很无聊的事情，一般认为他们相处到这个阶段，就会步入婚姻殿堂。

---

① 地名，位于东京杉并区中部。

从半年前开始，真吾就不再带着奈津子来店里了。后来他就与太太结婚了。好像从这时起，真吾就因为跟现在的太太结婚而受到周围人的种种指责。

"怎么办呢？"

真吾曾经喝醉了酒，反复嘟哝过。老板娘认为对别人的终身大事不需要太多嘴，一直保持沉默。

"这是你自己的事儿，你应该好好考虑，找个合适的人。"

老板娘提出如此建议时，曾根据过往的情况判断，他肯定会和奈津子结婚。

可是三个月后，他说他要结婚了，结婚对象却是个老板娘根本不认识的女性。

"这事儿奈津子同意吗？"

"好歹算是……"

"没提反对意见吗？"

真吾点点头，回答了一句话，但含糊不清。

"你怎么不和奈津子结婚呢？她可是拼命地为你效劳啊……"

前些日子，奈津子好不容易如愿当上了正规的设计师，她却把工作弃置一边，专心给真吾做他喜欢吃的饭，甚至给他洗内衣。正因为对这些情况有所了解,老板娘对他和别人结婚心里甚是不痛快。

"那倒是啊,但是我家老头儿和老太太讨厌她啊。"

"这是你娶媳妇。你可以跟他们说:我就要和这个姑娘结婚!"

"我每天都劝老太太,她一哭闹,我就觉得心烦。"

"你不是为你妈娶媳妇嘛。"

"……"

"你是不是喜新厌旧呢?"

"不,不是。"

"是不是因为奈津子是设计师,工作靠不住,其家境也不太富裕呢?"

"跟这些都没关系。"

"还是因为她曾在我们这样的酒吧干过呢?"

以前他与奈津子要好时,老板娘没觉得有什么。而奈津子被甩掉了,就觉得她很可怜。

"你到底对她哪儿不满?"

"并没有什么不满。"

"对男人,我搞不懂啊。"

老实说,老板娘真搞不懂真吾的心思。

几天之后，真吾的朋友新谷来店里喝酒，老板娘悄悄地问他：

"阿真是不是个徒有其表的无能之辈啊？"

新谷点点头。

"男人嘛，都比较保守。常常说大话，但到了关键时刻，就胆小如鼠，什么都做不成。"

"他可不是中小学生，他是正规大学毕业的一流贸易公司的职员。"

"要和他结婚的那个人，跟他妈很像啊。"

"你见过她吗？"

"前些日子他给我引荐过，感觉体形很丰满。"

"一切像他妈那样就行？"

"也不完全是，可能是真吾担心奈津子的性格厉害吧。"

"可是他对别人说奈津子性格不错。"

"好像是作为女朋友尚可接受，结婚嘛……"

"女人都是假装老实。像奈津子那样爽快的人，才是真的和善啊。"

"要跟他结婚的这个女人并不是太漂亮，但家庭背景挺好。"

"阿真说这倒不要紧。"

"说是那么说,还是要考虑的因素啊。"

"那他是对我撒谎吗?"

"不是撒谎,这种事儿不能对女人说。"

"男人都爱打小算盘啊。"

"这不是恋爱,而是结婚。多多少少都会打算盘。"

"哎呀,明白啦。男人都是这样的。"

老板娘砰地拍了一下柜台,从新谷面前走开了。

又过了几天,奈津子出现在老板娘的公寓里。

她外形很像个设计师,经常穿着很有品位的服装。这次却穿着红毛衣和藏青色的裙子,显得有点不协调。其脸色也有点黯淡。

奈津子没说话,老板娘知道她为什么来这里。

"听说阿真要结婚啦。"

老板娘直截了当地说。奈津子默默地点点头。

"太过分啦!哪有他这样的!你就保持沉默吗?"

"……"

"你对他发过牢骚吗?"

"唉……"

"他跟你说什么呢?"

"说是父母逼的,毫无办法。"

奈津子说,她向真吾恳求过好几次。真吾只是说:"我喜欢你,但父母不愿意,我没办法。"说完就一个劲儿地道歉,并劝她"想开点儿"。

奈津子向他请求过,希望他推迟半年到一年结婚。因为曾一度推迟,真吾说父母通不过。

奈津子觉得坐等不是办法,曾委托新谷等他的朋友给说和,但他们好像都回避,说:"这是他本人的事儿,对此毫无办法。"

过了几天,来了个自称是真吾的叔叔的人,他拿来三百万日元,劝慰奈津子说:"您就别当回事儿啦,想开点儿吧!"

奈津子不收钱,那人强行把钱放在门口,溜走了。

奈津子想见见真吾本人,早晨就站在贸易公司门口守候,真吾来了却说"我现在很忙"而回避了。

"看来已经不行啦……"

奈津子说着,垂下了眼帘。

"阿真也真是个不可救药的家伙,最差劲儿!"

老板娘也很生气,但真吾的主意不改变,那就毫无办法。

还有不是办法的办法,就是去他公司的上司那里哭诉,或着去要跟他结婚的女人家里哭闹。但是,老板娘不想这样

233

教唆她。如果这样做，只会让双方出丑，什么也得不到。

"可能会痛苦一段时间，但你要想得开！"

老板娘一边沏咖啡，一边劝慰奈津子。

"也许阿真真正喜欢的人是你，他父母不愿意，没办法啊。"

实际上，老板娘对真吾的懦弱感到非常气愤，现在只能这样安慰奈津子，别无他法。

"过几天一定会有你喜欢的人出现。"

"……"

"现在就是再痛苦，过一段时间也会忘记的，你还是要打起精神活下去啊。"

这是老板娘真实的体会。

老板娘过去曾因失恋而痛苦得要死。她认为：自己的一生就这么毁灭啦！然而现在她活得很好。不仅在赤坂继续开店，还想把店开到涩谷附近去。

"我也是托前恋人的福，才做了个好梦。要这样想才行啊。"

老板娘安慰道。奈津子拿起手帕，按了按眼角。

现在让她马上从感情的漩涡里走出来，根本做不到。这一点老板娘也明白，这种时候，除了劝慰，也需要有人陪伴。

三

真吾经历过感情的大波动后结了婚,到如今仍然忘不掉奈津子。

老板娘很想对真吾说:你开玩笑也得有个分寸吧。但话不能这么出口。

"你是喜欢现在的太太,才跟她结婚的吧?"

"……"

"你是喜欢太太,才把奈津子甩掉的吧?"

"不是那么喜欢……"

"起码是不讨厌吧?"

真吾微微地点点头。

"那你可以慢慢地爱她嘛。"

"那倒是……"

"这样还是忘不掉奈津子吗?"

真吾又微微地点点头。老板娘叹了口气，说：

"你已经有妻子啦。下步是有孩子。总之，你是个做丈夫的人了。你抛弃了奈津子，奈津子好容易才镇静下来。你还想纠缠奈津子，不觉得对不起现在的太太吗？"

"……"

"一个负责任的男人，不应该这么说。"

真吾被老板娘教训了一顿，耷拉着脑袋，额头快要碰到桌子了。

"你太随便啦。你要有个男人样，就死了那条心吧！"

"可是……"

真吾慢慢地抬起头来。起初喝酒时的欢乐完全不见了，一副要哭的表情。

"我觉得自己过去做得不好。"

"现在再说这些没用啦。你和奈津子一切都结束啦。"

"听说她现在当上 K 公司的专务董事啦。"

"不管是不是，你别再跟她见面啦！"

老板娘又向男服务员要了一杯威士忌。

"她为了忘掉过去，把与你有关的东西全都处理掉了，还搬了家。据说她好容易才从被甩掉的打击中恢复过来，刚开始投入工作。"

一个月之前,奈津子还做着 K 公司的专属董事,跑来向老板娘打招呼:我已经正式开始做设计师啦!

"你要是还爱着太太,此事就到此为止,别再惊动她啦。"

真吾在灰暗的灯光下一直注视着酒杯。

老板娘端起刚送来的威士忌,狠狠地喝了一口。

老板娘对真吾的轻率,感到生气。

他从一开始,就应该痛痛快快地和奈津子结婚,因为彼此有了很好的感情基础。他却没完没了地说些很无聊的话,什么为了家庭啦,什么不能背叛父母啦,执意与现在的太太结婚,结果导致了三个人的不幸。

老板娘结过婚,离过婚。离婚原因之一是丈夫大小事情均依附于婆婆,可能是丈夫在家里年龄最小。男人怎么能那么贪恋妈妈和家庭呢?老板娘曾对丈夫的懦弱感到极其愤慨。

此刻注视着真吾,那种愤慨和焦躁又重现了。

"奈津子她还是一个人吧?"

沉默了好一阵,真吾又问起奈津子。

"不知道啊。"

老板娘侧脸喝着威士忌。

"我觉得她不会原谅我,但是……"

"你还不死心吗?"

"我想和她见见面,跟她道个歉。"

"就是道歉,也于事无补。只能让人觉得你很傻、很假。"

"那也没关系。"

"是吗?你如果是真诚的,可以随便见嘛。"

老板娘又喝了一口威士忌,继而说:

"我觉得你就是诚心去道歉,她也不会和你见面。她以前真心爱过你,但你们现在是陌生人啦。"

"这我明白。"

"要见,应该作出恰当地调整后再去。"

"调整?"

"就是和你现在的太太分手,成为单身。可能你没有勇气跟太太分手吧。"

"没有的事儿……"

"用不着勉强啊。你的心情我很理解。"

真吾双目凝视着酒杯。

"你也许以为只要自己诚心道歉,就能言归于好。但是女人可不是那么好说话的。"

"……"

"女人抱怨的东西,一生都不会忘记。"

老板娘说着以前曾对丈夫说过的话。

四

　　从那以后，真吾不再到"星期三的早晨"来了。

　　老板娘觉得可能是自己说话有点过头了，引起了真吾的反感。而对真吾来说，这是接受有益的教训。他会逐渐懂得男女界限的严肃性

　　然而，一个月后的一天晚上，真吾和奈津子突然一起进店里来了。

　　"哎呀……是你们？"

　　老板娘有点怀疑自己的眼睛。

　　突然又怀疑他们是在门口偶然碰到一起的。可是，两个人又和以前那样并排坐到了吧台柜前。

　　"老板娘！您好！久违啦！"

　　奈津子认认真真地鞠了一躬，真吾则有些腼腆地挠挠头。

　　"你们……"

"觉得久违了,过来看看你。请来两杯兑水威士忌!"

到底咋回事儿?老板娘有点不解地做着威士忌。他们邀老板娘也来一杯,老板娘无奈,便斟上凉酒,与他们碰杯:"来!干杯!"

老板娘想问两个人是在哪儿见到的,说了些什么。在其他客人面前又不便问。

于是,老板娘采取了偷窥的办法,只见两个人紧靠在一起,悄悄地说话,还时不时地对笑一下。

耐人寻味的是,几个月前,他们各执一词。真吾说:"怎么都想跟她分手!"奈津子说:"他是个懦弱的人!"今日却是亲密无间。

老板娘好像很无趣,就以极快的速度喝起酒来。

酒馆到打烊的时间了。真吾站起来,说要走。老板娘单独把奈津子留了下来,说是与她谈谈。

十多分钟后,店里收拾完毕,老板娘叫着奈津子一同去了和真吾一起去过的那个叫"小型"的酒馆。

老板娘等男服务员订完菜,开始急不可待地询问奈津子:

"你们到底怎么啦?"

"什么怎么啦……"

奈津子露出困惑的表情。

"一个月前，真吾特意跑到我们公司来，说他无论如何都想见我。"

"那见到啦?"

"见到啦。只是她的太太有些可怜。"

"什么可怜?"

"他说他至今还是不能爱太太。虽说结婚了，包括新婚旅行期间一直忘不掉我。原定旅行一周，因提不起情绪，提前两天就回来了。"

"问题是他甩掉你和别的女人结婚啦。"

"那倒是。但是，我不认为是真吾不好，而是家人强迫他的。"

"其实阿真可以明确地加以拒绝嘛。"

"他们全家聚在一起责备他，逼他和那个女人结婚，他无可奈何才结的。其心情是可以理解的。"

"虽然可以理解，但阿真应是个说做一致的男人啊!"

"所以他说对不起我，向我道歉。"

"这样你就原谅他了吗?"

"并不是原谅。我想我也不能老生气。"

"可是……"

老板娘刚想开口又打住了。两个人已言归于好了，再说也没用啦。老板娘不由得叹了口气。

奈津子用郑重其事的口吻说：

"老板娘在笑话我吧？"

"哪能呢……"

"没办法，我还是喜欢他。你能理解吗？"

老板娘看到奈津子那天真的表情，觉得再逼迫她就显得太苛刻了。

"既然你还喜欢，我就不说什么啦。"

"对不起！"

"用不着道歉。你可知道，他不再是以前的单身汉了。"

老板娘喝得有点醉，既想保持沉默，又想捉弄一下奈津子。

"他已经是个有太太的人啦。"

"这个我知道。"

奈津子突然露出刚毅的神情，喃喃地说：

"我和真吾在一起已经三年了，比他和太太久得多。"

"你们打算一直交往下去吗？"

"唉……"

奈津子露出一丝困惑的表情，很快又说道：

"我想帮帮真吾。否则，真吾就成了他父母逼婚的牺牲品,太可怜了。"

"也是啊。"

"他总说不想回家去。"

"那样的话,他太太在家里等他就更可怜啦。"

"他太太的情况我不了解。我也没必要想那么多。真吾也劝我别想这些事儿。"

老板娘默默地喝着威士忌。

常言道:爱情是盲目的,说多了也没意义。既然两个人是在互相同意的基础上交往,旁人没必要说三道四。

"看着办吧……"

老板娘在心里嘟囔了一句,又大口地喝起威士忌。

五

　　真吾和奈津子自从来过"星期三的早晨"以后，每周至少来店里一次。

　　真吾工作的公司在新桥，奈津子主要在原宿①和六本木②之间奔忙，两人来赤坂，交通并不方便。

　　起先是夜里很晚才来，渐渐地提前到傍晚五六点钟。他们随便吃了点儿东西，就出去了。

　　两个人在店里很少说话，好像饭后直接去情人旅馆。

　　他们偶尔晚来，好像是从情人旅馆来。老板娘觉得他们过于没规矩。心里自然有点郁闷。

　　男人和女人为何罪孽这么深重呢？

　　原先下了那么大的决心要分开，几个月后又满不在乎地

---

① 地名，位于东京涩谷区。
② 地名，位于东京都港区北部。

反复幽会，互相以身相许。既然发过誓，为何不坚定？

看到两个人很开心的样子，老板娘总有这种焦虑，也许自己的焦虑是多余的。

当事者就不能严肃地考虑这些问题吗？难道只要两个人有爱，就可以这样子？

两人关系恢复后的第三个月，老板娘有点捉弄般地质问奈津子：

"他常回家去，和太太在一起。你还挺能忍的。"

奈津子思考片刻后垂下眼帘，悠悠地说：

"他就是回家也不爱太太啊。"

"你不认为他应该尽快离婚，跟你结婚吗？"

"这事儿还不能马上办。"

"他要是真喜欢你的话，应该这样办吧。"

"那倒是。但不能急于求成。"

"是吗？不急于求成？"

"他只是爱我……"

可能是真吾一直对她这么说吧。奈津子似乎深信不疑。

"可是他回到家，就和太太在一起。你认为他不爱太太吗？"

"我认为不爱。"

奈津子自信地笑了笑。

"怎么呢?"

"他不愿意拥抱她,他在我这儿很……"

"不过根据某些迹象……"

"他就是拥抱她,我也不在乎啊。"

"你真的不介意吗?"

"拥抱只是形式,关键是心在哪儿。"

"你挺有自信啊。"

"如果没有自信,就没法跟他交往下去啊。"

确实,男人抛弃了自己,和别的女人结婚,被抛弃者要和这样的男人继续交往,必须具有高度的自信。

老板娘对奈津子的自信和坚强表示钦佩。

女人那么干脆地要跟他走下去,必定克服了很多背后的烦恼和痛苦。

"太太没注意到你的存在吗?"

"不知道。"

"假如知道就更可怜啦。"

"我也很可怜呀。"

"那倒是。"

老板娘苦笑道。

"那你就这样一直爱下去?"

"当然。不像你,你没有对象可以爱。"

"不是没有,是你没看到。"

这次是两个人一起笑了。

老板娘原先一直认为奈津子是个孩子,不知不觉中已经长成大人了。她好像经过恋爱的历练,催生出了坚强的精神。

老板娘像发现什么似的偷看着奈津子的侧脸。

六

又过了一个月,奈津子独自迈着沉重的脚步来到"星期三的早晨"。

此时店里已经打烊,只有老板娘和两个年轻的女孩儿在收拾打扫。

"老板娘,我决定和真吾分手啦。"

奈津子刚进店,没落座,就迫不及待地说。

"怎么啦?这是……"

"对不起,请先让我喝杯威士忌!"

老板娘按照要求做了兑水威士忌。

"发生什么事儿了吗?"

"没有,就是想分手啦。"

奈津子好像已喝过不少酒,脸色苍白。

"吵架了吗?"

"没有。"

奈津子喝了一口老板娘端给她的兑水威士忌,然后说道:

"他说要生孩子了。"

"阿真吗?"

"他说要当爸爸啦。"

"这是真的?"

老板娘坐到了奈津子身旁。

"好像已经九个月了。"

"你怎么知道的?"

"新谷先生说漏了嘴。我就逼问真吾,他承认啦。"

"是吗……"

"他说还要给婴儿换尿布、哄睡觉等等。不是开玩笑。"

真吾快有孩子了,老板娘也是第一次听说。此前,真吾和新谷都来过店里,谁也没提这件事儿。

"他一直隐藏着呢。"

"他说想等生下来以后,再告诉大家。肯定是辩解啊。"

真吾是去年六月结婚的,现在是四月,可不,结婚快十个月了。

"他要当爸爸啦。"

"他怎么不直说,太卑鄙啦。"

奈津子明亮的眼睛睁得更圆了。

"最差劲儿……"

如果真吾的妻子是下个月生产,说明结婚不久就怀孕了。真吾跟奈津子恢复交往时,没提这件事。如今奈津子生气是可以理解的,但也应当理解真吾不说的心理。

"可能是阿真难以张口对你说吧。"

"这样的事儿是隐藏不住的。"

"那倒是。"

"真是荒唐啊!"

奈津子想笑,却气得板着面孔,笑不起来。

奈津子大口地喝起兑水威士忌。

老板娘想安慰她一下,却找不到适当的词语。

"因为他已经结婚了,生孩子是水到渠成的事,没办法啊。"

老板娘觉得这样说,对奈津子有些残酷,但只能这样说。

"迟早会这样的。"

"老板娘,我走啦。"

奈津子突然站起来要走。

"去哪儿?"

"回家呀。"

"那你和真吾?"

"当然分手啦。这次是真的、干净利落地……"

老板娘注视着奈津子的脸庞,默默地点点头。确实,这也许正是分手的机会。

"以后可不能自暴自弃!"

"来跟老板娘说说,心里就踏实多了。"

奈津子晦暗的脸上终于泛出了笑容。

一周后的一天过午,奈津子给老板娘打来电话。一小时后,便提着"莫罗佐夫"的水果箱,出现在老板娘的公寓。

"我明天去大阪。"

奈津子一见面就迅速告知。

"大阪?"

"我要去开辟自己新的人生。那边有朋友,我还是做设计师的工作,我会努力拼搏,创造辉煌!"

"这边要腾空房子吗?"

"与公寓解约了,行李也在昨天全部寄走了。等我在那边安定下来,就给您写信!"

老板娘对奈津子极为麻利的做法而感到惊愕。

"谢谢您长时间给予的多方面帮助!"

"你太客气啦!那你和阿真……"

"别再提他啦。"

"可是……"

"我什么也不愿意想,我已经和他没有任何关系了。"

"……"

"谢谢啦!"

奈津子说完,砰地一声关上门,走出去了。

七

自那以后,奈津子没有了任何消息。真吾也没到店里来。两个人的畸形恋情终于结束了。

老板娘对此事既感到宽慰,又感到落寞。

一个月后,老板娘听新谷说真吾生了个男孩儿。

"那家伙终于当上爸爸啦。"

新谷一边笑,一边说:"他和女友也在适当的时候分开啦。"

老板娘从新谷那里得知情况后不久,奈津子从大阪寄来了信。

奈津子在明信片上首先道谢,感谢自己在东京时,得到老板娘多方面的关怀和帮助。然后说自己正在想办法努力找工作。大阪的杂志社和展览会比较少,作为设计师独立工作是很困难的。暂时在西装店里当店员兼时装设计师。生活比较艰苦，住在木结构的公寓里。过一段时间打算改善生活条件，搬到高级公寓去。在大阪尽管有诸多不便，但不用为难理的恋情所苦恼，反倒觉得心情舒畅。

信的最后叮嘱：就是真吾打听，也不要告诉他自己在大阪！

可能为了谨慎行事，信的末尾只写着："于大阪"，没写具体住址。

老板娘认为这是奈津子性格要强的表现，同时又想鼓励她务必坚强！

看来奈津子虽有痛苦和烦恼，但其毫不气馁地向前迈进的态度，是令人爽快的。

好像真吾不知奈津子来过明信片，三天后，他来到了店里。

依然是到了快要关门的时刻。真吾没系领带，衬衣的纽扣也没扣，脸色黯淡。

"久违啦！"

老板娘显现出若无其事的表情，递给他湿毛巾。

"祝贺您当爸爸啦！"

"啊……"

真吾想要说什么，老板娘忙于迎接其他客人，没理他。

过了将近一小时,店里要关门了,真吾却没有走。

"请允许我歇业关门!"

老板娘下了逐客令,真吾只好点点头,随后小心翼翼地问:

"她近来怎么样?"

"哎呀,不知道啊。你还不知道她的情况吗?"

"不……"

真吾慢慢地摇头。

"听说她在大阪。"

"是吗……"

老板娘开始盘点账目。真吾在喝着酒自言自语:

"真是弄不懂啊……"

"弄不懂什么?"

"女人啊。"

"男人才难弄懂啊。"

老板娘不再数账单,快步来到真吾面前。

"你现在还说什么糊涂话?"

"我们本来关系不错,她却突然不辞而别了……"

"她问过你太太生孩子的事吧?"

"这事儿与她没关系。"

"有很大关系。"

255

"没有关系。"

"你真是不懂。"

老板娘往自己酒杯里斟上点凉酒,呷一口说道:

"这对女人来说是一种打击。"

"怀孕的是我老婆,跟我俩完全是两回事儿。"

"你那么想吗?"

"我爱她胜过爱我老婆,这一点儿没变化。老婆怀上孩子,不妨碍我俩幽会嘛。"

"太太生孩子这件事,对情人来说是无法容忍的。"

"那是刚结婚时……"

"你和太太想生孩子,这一点确凿吧?"

"是奈津子准许,我才结婚的。"

"准许?哪有真正的准许?"

"她应该明白木已成舟啊。"

"她那样做,是因为没有办法。"

"为什么后来因为怀孕的事不辞而别?"

"这件事对女人来说,比你结婚还要痛苦得多。"

老板娘喝干凉酒后说。

"如果你只是结了婚,还可以离婚,你们再走到一起。但生下孩子来,事情就到头啦。"

"她并没让我离婚。"

"她嘴上没说,是觉得你们早晚会走到一起。"

"……"

"因为有梦想她才忍着。女人的梦想破灭了,那就完了,再和做了爸爸的人在一起,没意义啦。"

"那不是打小算盘吗?"

"女人当然要打小算盘,这一点和男人一样。"

"可是……"

真吾刚说了半截,就用双手捂住了眼睛。老板娘在旁边劝诫道:

"你干脆死了那条心吧!"

"……"

"无论如何奈津子都不会回来啦。"

"讨厌啊……"

"再矫情也没用啊!"

"弄不懂,我真是弄不懂。"

真吾突然伏下脸,呻吟般地说。

"没办法,走啦!"

老板娘洗完酒杯,轻轻地拍着真吾的肩膀,诙谐地说:

"我店里今天的营业、你婚外的恋情都已经结束啦。"

恋

川

一

英子来店里打工时，发现"星期三的早晨"的老板娘左手腕上有块伤疤。

那天是老板娘的第四十五个生日。店里打烊后，老板娘带着英子、加代和启子一起去六本木一家叫"子夜"的店里喝酒。这家店通宵营业，可以饮酒、也可以用餐。女孩儿们先用比萨饼和意大利面垫垫肚子，再开始喝兑水威士忌。

在店里弹吉他自唱助兴的人，听说今天是老板娘的生日，便演奏了《祝你生日快乐》的乐曲，大家齐声合唱，鼓掌。

此时，老板娘伸出左手，借火抽烟，英子看到了老板娘手腕上的伤疤，问是怎么搞的。

老板娘被问的瞬间，赶忙抽回手来，但很快又改变了主意，她接过打火机，慢吞吞地将香烟叼在嘴上点燃。

"是烫伤？"

英子进一步地追问。老板娘面露难色，摇了摇头。

"对不起！"

英子突然意识到自己不该这么问，便鞠躬致歉。老板娘却说"没事儿"，并微笑着露出自己的手腕，伸到桌灯前。

"有点恶心，你看吗？"

英子听老板娘这么说，便怀着战战兢兢的心情，仔细地瞅着老板娘手上的伤疤。另外两个女孩也凑过来端详。

伤疤位于手腕内侧，足有四厘米长，中间部分凸起，周围较扁平，呈纺锤形，隐约还有缝合线的痕迹。

"我平时用手表遮挡着这儿，今天手表摔掉啦。"

今晚老板娘离店时，表链断了，手表摔到了花砖地上，幸好没跌坏，就顺手放进了手提包里。

女孩们看到伤疤，才明白老板娘作为女人，为什么平时戴着那么宽厚的表链。

平日老板娘洗玻璃杯，总是把手表摘下来，放在一边。因为伤疤在手腕内侧，女孩儿们谁也没有发现。

通常，一个人很少能看到别人手腕的内侧。因为拿放东西时，往往只露着外侧。偶尔斟啤酒时，手腕翻过来，才露出内侧。老板娘平时也很注意，尽量不露出手腕上的疤痕。

所以，来往的客人更注意不到。

今晚不经意间露出了伤疤，也许是她稀里糊涂忘记了没戴手表，也许觉得净是自家店的女孩儿，无需特别在意。

何况今天是生日，酒喝得有点多，已微醺了。

"你们不知道我这儿有疤吗？"

"完全不知道。"

英子今年二十三岁，到"星期三的早晨"打工刚半年，根本没注意到老板娘的伤疤。启子已来了一年，加代来得更早，两人也没注意到。

看来，老板娘掩盖得很巧妙。

"别跟客人说这个啊！"

"绝对不说这事儿！"

"那就好。"

"不疼吗？"

"没事儿，因为是陈旧的疤痕。"

老板娘边说边用右手食指按了一下。随即反问道：

"知道这是什么伤吗？"

女孩儿们面面相觑。倒是英子机灵地作答：

"也许是自杀……"

"呀！你猜对啦。"

老板娘这么说，女孩儿们重新审视手腕子上的疤痕。

"什么时候的事?"

知道自己不该问,但女孩儿的好奇心难以抑制。

"很早以前啦。"

"为什么这么做呢?"

"至于为什么……"

"你曾经有过喜欢的人吗?"

"时间过去太久了,好像已经忘记啦。"

老板娘眼睛里流露出迷茫的神情,仿佛是在忆想遥远的过去。

"老板娘过去很潇洒啊。"

"还说什么潇洒不潇洒呀。"

"是因为你喜欢他,才刺伤的吧?"

"……"

"还是你们想一起殉情呢?"

"不是那么回事。"

"没关系,请老板娘告诉我们!"

老板娘脸上露出略带倦怠的笑容。

"求你说说为什么会这样!对我们保密就过分啦。"

"说来话就长了……"

"没关系,老板娘的故事我们听不够。"

老板娘被缠住不放,无奈地慢慢叙说起来。

二

老板娘是在距今二十三年以前，她芳龄二十二岁时结婚的。

那时候，她家在静冈①，高中毕业后，进入了当地的 S 银行工作。四年之后，和一个姓宫川的男性同事结了婚。

这桩婚姻，令老板娘的亲朋好友们大跌眼镜。因为老板娘天生丽质，高中时尤其艳丽，工作后也交往过不少男朋友。

如今的老板娘体态已经很胖，没有过去的模样了。当时的她身材苗条，面目清秀，长得很漂亮。虽然肤色略黑，但很爱打扮，是男职员们心仪的对象。完全是因为受到某种意义的强迫，才嫁给了矮胖且其貌不扬的宫川。

当时的老板娘负责窗口业务，宫川负责定期存款，工作

---

① 地名，位于中部地区中南部。

岗位不同。因为相互印象不错，他们幽会了一次。从第二天起，每天下班以后，宫川都在银行附近的咖啡馆里等着老板娘。老板娘有时不想去，他却无论刮风下雨，都在那儿等着。如果老板娘不去，他就往老板娘家里打电话强约。老板娘患感冒休息，他会拿着各色鲜花前往探视。宫川一味地献媚，丝毫不感到难为情。

老板娘起先只是为消遣与他幽会，但逐渐被他的乐此不疲制伏了。

总之，女人抵不住顽强男人的进攻。尤其是像老板娘这样年轻漂亮而受到大众追捧的女性，自尊心一旦被人挑逗起来，就格外脆弱。

经常看到漂亮的女人，被丑八怪或二流子骗得团团转，或许只是因为这些人厚颜无耻地跪倒在她们面前向其求爱。

对于这一点，知识分子往往碍于面子，不向喜欢的人明确表达。是修养起了妨碍作用，还是自尊心不容他这样做呢？得不出正确答案。总之是没有魄力，没有勇气。明明喜欢对方，却不实话实说，而是装模作样，摆出一副超然的架势。长此以往，好女人都被无聊的男人夺走了。

老板娘的情况与之近似。本来老板娘真心喜欢的是 K 和 M 两个人。K 是银行的同事，比她大一岁。M 是客户，在上市公司工作。但是，老板娘没有顽强地坚持自己的目标。尚在犹豫徘徊过程中的她，因折服于宫川的殷勤献媚而稀里糊涂地嫁给了他。

"看男人不要只看长相，要找个老实巴交、真心爱自己的人。"妈妈常在老板娘面前絮叨这句话。

对于与宫川交往，妈妈起先反对，后来也被宫川的热情和殷勤所制伏。

妈妈说得对！结婚之后，宫川很诚实、也很认真。他早晨八点离家，晚上五点半准时回家来。途中既不喝酒，也不打麻将或玩弹子机。

宫川在家时，如果老板娘准备做饭，他会主动摆齐茶碗，切开白薯和萝卜……起先，老板娘觉得这很难得，但久而久之，反而觉得他有点碍事。

因为老板娘并非出于喜欢而与其结婚，待在一起久了，对很多事情都感到厌烦。

甚至对他不喝酒、不吸烟、像信鸽那样直"飞"回"窝"都感到气愤。

何况晚上睡觉，他性欲要求过于强烈。所谓强烈，并非是做起来没完没了，而是每晚必做一次，简直就像一部往复循环的机器：

每天都在相同的时间，采用同一种体位，不出现任何变化。一完事，就像个健康的幼儿一样，马上入睡。

这样过了一年，老板娘就有点神经过敏了。

"那个人太认真，没有趣。"

老板娘一回到娘家，就发这样的牢骚。

妈妈说："你还挑剔什么？有的人因为丈夫玩女人而烦恼，有人的丈夫热衷于赌博而一文工资不拿回家。对比来看，宫川简直就像个佛。"

"这个人很吝啬，很小气。偶尔去逛次街，他也只是吃拉面或咖喱饭。招待朋友一顿饭，他就会发火，说不许花那么多钱！"

"你这个人花钱大手大脚惯了，要好好跟他学！"

"他那样是不会发迹的！"

"与其干坏事儿无良地发迹，不如像他那样做个普通而稳健的人。"

无论老板娘怎样辩白，都无法让妈妈明白自己的心思。老板娘达观地回到自己家里，可一看到丈夫那四方下巴和宽扁的鼻子，心里就厌烦透了。

熬过了两年，第三年刚到，老板娘怀孕了，并由此引发了一场激烈的争吵。

老板娘婚后曾与宫川约定,暂时不要孩子,危险期采取避孕措施,两人互相监督。宫川一直守信,不知为何,他单方面违约了。

老板娘知道自己怀孕了,斩钉截铁地说:"做掉!"

"算了吧。生下来好,你妈也在翘首期盼下一代呢。"

"我不愿意。"

老板娘坚决不从。她对丈夫违反约定非常生气,更不愿意为自己不喜欢的人生孩子。

结果她很快打了胎,平复了情绪,但从那以后,夫妻间有了明显的裂痕。

一年后,丈夫的哥哥调到了东京。她随丈夫搬到了独身一人的婆婆家里,更加深了这种裂痕。

老板娘在这里看到了丈夫的保守与懦弱,他很惧怕自己的母亲,大事小事都依从与附和。婆婆五十七岁,什么都会干。老板娘在那儿做饭、扫除、购物,什么都干,婆婆什么都插嘴和干预。不久又说起了要孩子的事儿。

"为什么不生孩子呢?"

婆婆觉得不可思议,倒也自然。但是,她连两人的生育计划都要干涉,老板娘一下就火了。

"因为我们不要。"

"生孩子是媳妇的义务。不生孩子，就不能算媳妇。"

当天晚上，老板娘把婆婆的话告诉了丈夫，丈夫以少有的口吻，斩钉截铁地说：

"理所当然。你做错啦。"

"那么……"

"今年内一定要生个孩子！"

老板娘听到这句话，内心恐怖极了，觉得自己仿佛被关进了婆婆和丈夫设置的牢笼之中。

三

"为此就要自杀吗？"

英子充满好奇，露出疑惑的表情问道。

"绝不会因为这事儿而自杀吧。"

"因为这事和第一任老公分手的吗？"

"第一任？我只结过一次婚。"

"是吗？对不起！"

英子吐了吐舌头，

"我能理解老板娘想分手的心情。这么说可能不太好，把老板娘这样聪明的人，关在家里看孩子，本身就是错误的。"

"可是我经常想，要是和他生了孩子，还在一起，会是什么样呢？"

"后悔了吗？"

"不是后悔，我是说也可以有这样的人生。"

"这可不像老板娘说的话啊。"

"女人嘛，度过危机就可能应付下去。"

老板娘喝了口兑水威士忌。三个女孩儿也沉默起来。加代很快又问道：

"那一位和老板娘分手后，又再婚了吗？"

"他和一个更年轻的人结了婚，好像还生了孩子。"

"还在静冈的银行里工作吗？"

"不知道什么情况。"

"后来一直没见过面吗？"

"我回娘家时，在商店里碰到过一次，只用眼睛打了打招呼。"

"婚后一起生活四年，分手后就形同陌路吗？"

"对方好像想说话，无奈我和妹妹在一起。"

"可以打个招呼……"

"女人嘛，分手后，很快就会把过去忘记的。"

"对呀，我也是这样。"

英子作为交际花，深有同感地点头认可，惹得大家都笑了起来。

"后来的情况呢？"

"还让我继续说吗?"

"因为还没说到自杀嘛。"

老板娘叹了口气,但好像没什么不高兴,接着侃侃而谈。

四

半年之后，老板娘和丈夫正式分了手，尔后从静冈来到东京。离婚虽不能算丑闻，但离过婚的女人，要生活下去，在静冈这样的城市里有点太受局限。

老板娘来到东京，通过熟人介绍，在位于大手町的广告公司里找到了工作。并在小田急线的下北泽租借了一间六个榻榻米大小、带一小厨房的住宅。老板娘独来独往，自由自在，觉得身心解放了。

老板娘所在的广告公司规模中等，她的工作是去委托单位取原稿，调查资料。因为婚后长期关在家里，郁闷厌烦，所以在外面走来走去，觉得很开心。老板娘很有灵性，很快就熟悉了工作，如鱼得水般地活跃在公司内外。

一年很快过去了，老板娘被一个叫竹田的总经理相中，安排她担任了近似秘书的职务。竹田年已五十五岁，比老板娘大二十八岁，装束很讲究，夏天也系领带，装有多种多样的布制装饰手帕，看上去比实际年龄要小。乍一看，不像是广告业界的人。他工作麻利，业务精干，也善解人意。

老板娘当上秘书后的第三个月，就对这个总经理以身相许了。

也许竹田是为了得到老板娘，才让她当秘书的吧。这对老板娘来说，倒无所谓。说实话，从见到竹田第一眼时，老板娘就被吸引住了。

与前夫相比，竹田尽管上了年纪，但生机勃勃，具有男人那种旺盛的工作斗志。也有前夫所缺乏的和蔼和包容心。

尽管知道拿广告公司的总经理和银行的普通职员作比较，并不合理。但老板娘还是抑制不住地作比较。

两个人发生性关系后，竹田在涩谷的南平台给老板娘租了一套公寓。

这套公寓两室一厅，有个十个榻榻米大小的起居室，月租费两万日元。竹田除了支付房租，每月还给五万日元的零用钱。加上公司发的工资，老板娘的生活突然变得轻松惬意了。

竹田一周来这里两三次，在这里住一天。

"我这样的老头儿，可能会惹人讨厌吧。"

竹田经常说这样自虐的话。老板娘却丝毫不为年龄的差距而苦恼。

与其说不苦恼,莫如说她觉得竹田说这些话很可怜。

竹田一来,老板娘就做晚饭,热洗澡水,像妻子一样勤快地干活。

竹田对老板娘也很和蔼,无论她说什么都爱听,慷慨地给她买十万日元的外套。过生日和圣诞节,肯定送上手提包或礼裙,有时去大阪或福冈等地出差,也带上老板娘。

从秘书发展到情人,是一种很俗气的关系。老板娘不想再结婚,也不太介意这件事。作为二十几岁的独身女性,她对这种生活没有什么不满。

再说,老板娘对于重要的夜生活也很满足。竹田并不像前夫那样,每晚都有欲求。有时晚上突然来到,也只是吃吃饭、说说话,很快就回去。只有星期六晚上待的时间长,从而使人感到格外充实。

可能是竹田年事高、经验多,或是玩女性习惯了,他行房事温柔而具有情调。花足时间做前戏,待老板娘充分地燃烧时,才慢慢进入。老板娘有时欲火难耐,会主动地央求于他。

可能是中年男性的特殊习惯,竹田喜欢用镜子看老板娘的肌肤，或者让老板娘穿红色的衬衫，还要求她做些猥亵的动作。老板娘并没有为此而烦恼。反复做过多次后，老板娘倒习惯了。有时他不用镜子看，反倒觉得不够完美。

竹田不像宫川那样为做爱而做爱，纯属肉体的交欢。而是在做爱过程中有抚慰和悠闲，实现灵与肉的完美相融。

老板娘曾通过婚姻对性的欢悦有了一定的体验和理解，但远没有达到满足的境界。老板娘在和前夫分手的前一年，只是义务性地接受性爱。她在拥有竹田后，才体验到什么叫陶醉。不光领略了强烈，还懂得了丰富和深度。

据说老板娘在得到竹田爱抚后，突然变得有女人味了。她从家庭中摆脱出来获得了自由，得到了金钱，精神上有了寄托，不再有什么负担和压力。

从二十七岁到三十岁的这段青春岁月，虽然生理上在走下坡路，却是老板娘最富有女人味儿和最为漂亮的时期。

在老板娘三十二岁的那年春天，她和竹田的关系出现了阴影。

当时，竹田和老板娘的关系，已成为公司里公开的秘密，有人批评说：秘书当情人不合适，影响工作。

老板娘便根据竹田的要求，从公司里辞了职，在公寓里过着隐居的生活。

可能是因为不能整天厮守，竹田每天都来公寓。久而久之，老板娘就对这种偷偷摸摸的日子厌腻了。

然而从这时起，竹田的广告公司一步步陷于经营不善。

老板娘觉得老在家里闲着很无聊，就通过一个做广告片的熟人介绍，去了一个叫"泉影视制作"的制片公司，协理会计事务。

这个制片公司成立已久，掌控着一个叫S·H的歌手和一个叫"萨音"的乐队，事务所设在涩谷。

老板娘除了星期天，每天从上午十点工作到下午五点。与其在家里闭门不出、心里焦躁，不如去制片公司和各色人等打打交道、开开心。

竹田对这项工作提出反对意见。

"你那么想出去，我给你找工作。制片公司这样的服务业，乱七八糟的人太多。"

竹田担心老板娘被卷进华丽的娱乐圈而离开自己。

"我绝对不乱来啊。"

老板娘不肯让步，竹田无可奈何。最终的结果是，竹田的担心变成了活生生的现实。

五

老板娘的第三个男人姓相崎,是那个"萨音"乐队的指挥。

"萨音"是"泉影视制作"的专属乐队,也参加夜总会和地方的演出。作为一个二流水平的乐队,成员大都二十几岁,因而被人们认为是很有前途的乐队。

相崎在这些成员中年龄最大,当年二十八岁,比老板娘小四岁。

老板娘起先接触他时,认为他是个装腔作势、形迹可疑的人。他常常穿着一身黑色西装和带网状花纹的灰色毛衣,左手无名指上戴着白金戒指。个子高高的,像狐狸一样瘦。长着一副童颜,戴着一副墨镜,显得很和蔼。他来到事务所,细长的手指上夹着外国香烟。可能出于职业习惯,他的腿不停地哆嗦。

"不能让我预支点儿钱吗?"

相崎平时不爱说话,这是他对老板娘说的第一句话。

存取钱需要制片公司总经理的审批,凑巧总经理出国去了。

"总经理回国以前必还,请借十万日元给我!"

问为什么借钱,他不说,只是用手按着脑袋,露出困窘的表情。

老板娘看到这种情况,觉得有点可怜,决定把自己的存款借给他。当时她还和竹田在一起,钱富富有余。

第二天,老板娘交给他十万日元,他微微一笑,说了句"我会感恩的!"十天之后,相崎附加两万日元利息还给了她。

"不能给这么多啊。"

"没事儿,托你的福,顺利地赚到了钱。"

相崎热衷于赛马和打麻将,花费很大。老板娘怎么都不收这两万日元。相崎最后说:"那就去吃饭吧!"他邀老板娘去了赤坂的高级西餐馆,两个小时就花掉了这笔钱。

这钱花得真痛快啊!老板娘既惊讶又钦佩。现在回想一下,也许这是他向老板娘求爱的借口和机会。

一个月后,老板娘再次被邀去喝酒,回来的路上,她便被相崎俘获了。

老板娘陷落得这么快，连她自己都感到惊讶。说实话，老板娘已经对竹田腻烦了。

竹田这人热情、周到。要他买什么东西，他都给买。想到哪儿去，都带自己去。但是，这些善行都带有父亲溺爱女儿的影子。

老板娘很想尝试那种再有点节拍、再多点紧密的恋爱。觉得那样的恋爱踏实、安稳，自己一天一天在变老，不再寻求什么刺激了。还有一个问题，就是竹田的公司经营恶化，经济上不再像以前那样轻松了。

老板娘并非只盯着竹田的钱，而是担心随着公司的不景气，竹田自己会失去活力。

以前的竹田，办事麻利，来去匆匆。总是被时间追赶得眼疾手快，这同时体现着一种真实感：这个男人活着！

现下的竹田，外出极少，一直磨磨蹭蹭地待在公寓里，不时地发发牢骚。

老板娘回来晚了，他刨根问底追原因。有时跑来制片公司接老板娘，怕她与人幽会。基本丧失了过去那种沉着而从容的实业家风度。

与其相比，相崎所从事的事业朝气蓬勃、富有生机。本身又思维敏捷灵活，办事简洁有力。

老板娘被邀去情人旅馆幽会。临走，他说了句"你付钱"，就先走了。

老板娘紧跟着说："我梳梳头马上走，你稍等！"他也不理睬，只说是没时间了。

他自命不凡。只顾个人方便。

当他态度和蔼时，就像变了个人一样。做爱时，会全力以赴，心无旁骛。完事后，会一丝不挂地拥着老板娘，唱上几支好听的歌。

老板娘患感冒不在家，他送去感冒药并在纸上留言：喝药！乐队去外地演出归来，他肯定带回特产，还会腼腆地解释为："店员很讨厌，没办法才买的。"

老板娘和相崎相恋半年后，和竹田分手，跑到相崎那里去了。

老板娘是趁竹田不在家时，急忙收拾好东西，快速离开房间。跑到了相崎居住在四谷的公寓。

对此，竹田感到惊讶。从第二天起，就接连不断地往事务所打电话，甚至跑到事务所来。然而，老板娘一直躲着不见面，一概不接电话，误接了马上挂断。

老板娘看到竹田在事务所大楼附近转来转去的身影，内心没有半点波澜。

"你去跟他打个招呼呗!"

相崎半开玩笑地说。

"有胆就进事务所来嘛。"

老板娘从开始就知道竹田没有那样的勇气。

六

　　老板娘和相崎同居三个月后，从"泉影视制作"辞了职。因为女职员和专属演员发生了这样的关系，处理会计事务的各个方面都不合适。

　　老板娘辞职后，敦促相崎携"萨音"乐队独立。理由是乐队再受欢迎，利益也被制片公司榨干了，可谓得不偿失。对于独立来说，相崎和团体成员都赞成，制片公司却无论如何不答应。因为制片公司好不容易培育出一支成熟的乐队，刚博得名利就要独立，公司连本钱都赔进去了。

　　然而，老板娘一意孤行，几经与制片公司总经理耐心交涉，三个月后终于获得了独立。

　　这是坚韧顽强和头脑灵活的老板娘一枝独秀的身手大展。

　　乐队独立后，相崎想认真做点事。他本来就是有才华的人，作曲作词均游刃有余。

老板娘首先开了一个叫"音响·制片"的公司，让相崎当总经理，自己做专务董事。乐队成员全部作为职员对待。

事务所设在赤坂 TBS 附近的大厦里，老板娘掌管经营事务。

只有相崎直接称呼老板娘，其他成员都称呼"专务董事"。公司里老板娘年纪最大，受到尊重是应该的。

老板娘从电视台、广播电台到制片公司，从都内主要的夜总会到各家旅馆，到处转悠着打招呼："请对'萨音'多多关照！"那两年间，对于老板娘来说，尝够了创业的艰难和辛苦，却又是个有着非凡意义的充实时期。

可能是老板娘的做法高明，"萨音"发展一帆风顺，外界都评价那里的老板娘是一把好手。

不久，老板娘怀上了相崎的孩子，因为那段时间特别忙碌，没与相崎商量，就自作主张堕胎了。

相崎一直在电视台和夜总会演出，工作极其忙碌。演出一结束，就直奔家中。要是累了，倒头就睡。要是不累，就像野兽一般地抚爱老板娘。老板娘依偎在相崎的怀里，时常觉得相崎像个大孩子。更像个去丛林外面惹事后，慌慌张张跑回来的小狮崽。

他们同居半年后，相崎提出结婚的请求，老板娘态度温和地拒绝了，建议维持现状。或许是老板娘结过一次婚，害怕重蹈覆辙。觉得像相崎这样有才华的青年，还是不要家庭束缚得好。再说自己比他大四岁，也感到略有欠缺。现在这样相爱，不是很好吗？长此以往，就很满足。

然而，事情发展的结果超乎预料，老板娘的想法过于天真。

同居两年后，相崎开始去向不明地在外面过夜。后来听说他和一个崭露头角继而没落的名叫J·K的女歌手关系密切。

J·K是老板娘在音乐咖啡馆里发现其才华，尔后介绍给某制片公司演唱的青年歌手，从某种意义上说，老板娘对她的关爱，犹如亲生母亲一般。从得知J·K与相崎发生性关系，老板娘就觉得好像被自己养的狗咬了手一样。

老板娘刚有耳闻时，未多加理睬。因为娱乐圈是花哨的，可能会发生这种事儿。她认为即使有这事儿，相崎也不是真心。

但是两个月后，相崎搁下东京的演出不管，跑到大阪去追J·K。老板娘不能再沉默了。三天之后，相崎回到家，老板娘求证此事，他很老实地承认了，并表示向老板娘道歉，说了句："对不起！"

"现在正是你走红的时候,希望你慎重!"

老板娘简要地说完,就沉默了。老板娘本性很要强,不喜欢追男人。原先也没追过男人。要是追的话,多么艰难的事,都能超越。如今要和比自己小十岁的女子对等地争夺,老板娘的自尊心也不允许。

相崎没有回家的夜晚,老板娘会一夜不眨眼地等着他,如果在早晨听到了他的脚步声,会急忙钻进被窝装睡觉。

然而,这种表面上安之若素的态度,却把他打发到J·K那边去了。

老板娘提出忠告之后,相崎暂时有所收敛。为时不到一月,他又开始明目张胆地在外面过夜了。

相崎是个乐理精通、创作迅捷、指挥若定的有才之人,但性格有些懦弱。表面上看着粗野,装出坏坏的样子,本性却是和善的。这种性格在处理男女关系问题上,结果往往适得其反。

J·K二十岁上下,好像是个很放荡的女人,对于驾驭男人也很有手腕。比如相崎不如约前往,她会拧开煤气开关,或拿出剃刀比划着说:"我寂寞得想死!"稍作冷静地分析一下,那不过是诱惑男人的技巧,相崎却始终看不透这一点。

老板娘劝导说:"那是威胁你!"相崎却十分自信地说:

"那娘们儿没有我就不行！"说完，又跑去了。

既然这样，老板娘采取了放任自流的态度，把大部精力倾注在工作上。由此可以看出，爱哭泣或吵闹的女人更讨相崎喜欢。

乐队指挥都是这副德行，乐队成员的操守紊乱成为理所当然。

如果是以前的老板娘，这种时候会让大家全力以赴地工作，现在却好像没有了这种气力。老板娘有时发牢骚，参加演出受到好评的队员们却无论如何都不愿意听。

"萨音"现在已不是那种没有名气的乐队了。随着队员收入的增加，他们的生活也阔绰起来。演出变得更加轻松。相崎也得到了更多的幽会时间。队员们虽说阔绰，不过只是表面，内心却意想不到地空虚。假如收入再增加，就会出现更大的问题。

乐队独立后的第三年，收益开始大幅下降，老板娘手里的钱，基本都花出去了。

好不容易以优越的条件拿到演出任务，由于乐队经济负担过重，开始出现越演越赔、入不敷出的局面。

尽管如此，老板娘仍在拼命地努力，想方设法克服暂时的困难。并相信相崎还会重振旗鼓，带领队员扭亏为盈。

然而，她的指望落空了。相崎一个月有半月以上时间住在J·K的公寓不回家，偶尔回来也热衷于赌博，而且服安眠药才能入睡。

相崎不仅把家里的钱偷偷拿走，连工作也丢到一边。逼得老板娘到处去致歉，为他擦屁股。老板娘忍不住发句牢骚，他会气愤地拂袖而去，一周或十天都不回来。据说除了J·K，他还与几个夜总会的老板娘及其追随者打得火热。

老板娘很少抱怨，一直默默忍着，心里越发痛苦。

恰在这时候，她清晨起来想呕吐，后来发现自己怀孕了。

第一次怀孕，是她主动堕胎的。这次怀孕，却犹豫不决起来。考虑年龄因素，这是最后一次机会。不过依据现实状况，就是把孩子生下来，也没有自信心来抚养。她曾认为有孩子的人生，才有意义，人也会为此而奋斗。可仅凭这种想法随意生孩子，又觉得孩子很可怜。

老板娘经过一番思想斗争后，寻求相崎的意见。相崎好久没回来了，回来说了一句话："你看着办吧！"说完就走了。一点也指望不上。

老板娘打消了生育的念头，一个人去医院，登上手术台。

老板娘打掉孩子后，身体很不舒服，三天没去事务所上班。第四天，副经理及川打来电话，说今后老板娘不用去上班了,"萨音"的事务由他们自己打理。

"怎么会这样……"

老板娘反问。及川说:"这是总经理的命令!"说完,就挂断了电话。

好像他们早有预谋:老板娘负责经营,他们就不能完全自由,所以要把她解雇掉。

把"萨音"提高到这个水平,主要是老板娘的功绩,这样做有点太过分了。

老板娘马上给相崎打电话,相崎不想接,假装不在场。老板娘忍耐不住,跑到事务所,看到及川一个人在,问相崎在哪儿,他说:"不知道。"

要是想见相崎,就得去J·K所在的公寓。如果这样做,就太悲惨了。

老板娘无奈,只得等着相崎回来。

虽说相崎离开了家,但衣服、鞋子和日常琐碎的东西全都放在家里。他早晚要回来取。等他来取时,自己就老老实实地给他跪下,低头认错。央求他宽容自己,希望他及早回来!老板娘一边这样想,一边备齐相崎喜欢的龙须菜和生鱼片。

但是,相崎没回来。

过了不久,老板娘的腰包渐渐瘪了下去。仅有的一点存款为相崎还了债,当下已是捉襟见肘。如果再保持沉默,岂止是房租,连明天的饭费都会成问题。

老板娘没办法,托原先制片公司的熟人介绍,去银座的酒吧打工。

她是第一次接待醉客,如果弃之不干,自己就会饿死。

深夜,老板娘一身疲惫地回到家,仿佛觉得自己正在接受宫川和竹田的惩罚。

年轻的时候,老板娘任性而自傲,害苦了某些男人。到如今,好似冥冥之中的这些男人复仇来了。老板娘一边这样想,一边奔走在夜路上,小声地哭喊着:"相崎!相崎!"

可能是老板娘的诚心感动了上帝,她来银座打工半个月后,相崎突然回到了家。

老板娘惊讶地站起来迎接。相崎把老板娘晾在一边,默默地打开衣柜,把冬装、西服等都取了出来。

"我想跟你谈谈。"

老板娘柔声说。相崎不答话,两只手抱起衣服要出门。

"求求你……"

老板娘抓住了相崎的裤脚,相崎向前打了个趔趄。

"放开我!"相崎声嘶力竭地喊。

"哎呀!"

正当老板娘想抱住相崎大腿的一刹那,相崎冲着老板娘的脸上狠狠地打了一巴掌。

老板娘一下愣住了,不由自主地松了手。相崎麻利地捡起掉在地板上的衣服,疾步走了。

"你等等……等等……"

接下来的事情,老板娘记不清了。只记得她猛然从洗碗池边拿起菜刀,照着自己的左手腕子,狠狠地砍了下去……留下了当今这一确凿的证据。

七

"后来怎么样了?"

英子叹了口气,接着问。

"喷出了很多血。手腕内侧附近有很粗的动脉。好像把那儿砍断了,血喷得有五六十厘米高。"

"不疼吗?"

"不知道疼,只想到死。"

"那,那个叫相崎的人呢?"

"他回头看到,大吃一惊,赶紧打电话叫急救车,好像又用毛巾捆住了我的手腕子。"

"老板娘不记得了吗?"

"只记得脑子里有疑问:这可不对头啊。怎么他在照顾自己?就这样昏迷过去了。后来问大夫,大夫说我俩从脸到腿全是血。"

女孩儿们好像看到可怕的东西一般,重新审视老板娘手腕上的伤疤。

"已经过去了十年啦。"

老板娘已经摆脱了过去,莞尔一笑。

"后来你和相崎先生……"

"当然是分手了。后来他和女朋友结了婚,还生了两个孩子……"

"他现在还经营乐队吗?"

"从那以后,乐队就解散了,现在他好像自己开制片公司呢。"

"那事务所不是在赤坂吗?"

"是这样……"

"他不来店里吗?"

"没来过。"

老板娘轻轻地摇摇头。女孩儿们沉默几分钟。英子又满含兴致地问:

"老板娘该不是等着他到店里来吧?"

"绝不可能……"

"从那以后,你一直在银座。他可能会在赤坂开店吧。"

"他在这一带的朋友很多,我想他会来的。"

"不过……"

"已经完啦。"

老板娘淡定地点燃一支香烟。英子等老板娘吸了一口后，问：

"在他之后，你没再碰到喜欢的人吗?"

"你还想知道吗?"

"今天请你把情况全部告诉我们!"

"好吧。有过两三个，但都是普通的恋爱。"

"普通的恋爱?"

"没进行到最后，只是互相让对方看到优点后，很快分了手。"

"相互只看表面吗?"

"对。在各自最有自信的时候见面，接触过后感到不合适，就分手。"

"可是那样，永远也走不到一起吧。"

"男女之间并不是靠得越近越好。有时靠得太近，反倒会分手……"

"努努力不行吗?"

"男人和女人并不是通过努力就能怎么样的……"

"是吗?"

"尽管发誓要永远相爱,但是过一段时间,双方的想法和情绪都会发生变化。"

"听了老板娘的话,觉得很郁闷。"

"当初我怎么会喜欢那样年纪的人呢?过后想想,就弄不懂了。"

"你是说竹田先生吗?"

"前两年我跟他见过一次。他老得很厉害,看着心里难过……"

"年龄不饶人嘛。"

"所以,我也不再跟比自己年龄小的人谈恋爱啦。一想到再过十年,我就会像他那样被人同情,心里就打寒战。"

"要是真喜欢,就不能这么说吧?"

"也许你们不能说,我已经到了这把年纪,自控能力很强,我会决绝地告诉他:不行!总之,不想要那种悲惨的恋爱。"

"这是老板娘的恋爱美学吧。"

"不知道是不是美学,以后绝不会重蹈覆辙。"

老板娘喝了口兑水威士忌。那个弹吉他自唱助兴的青年男子又走到台前,开始唱《赛伯伊的女王》。

"我是你爱的奴隶……"

青年男子颤着很尖的嗓子唱歌。老板娘和三个女孩儿安安静静地洗耳恭听。

歌罢人们鼓掌时,英子又问道:

"老板娘,男女关系最终是什么呢?"

"你说是什么?"

"爱是……"

老板娘若有所思地看了看昏暗的墙壁后,慢条斯理地说:

"是小说。"

"是小说?"

"对,是虚构的故事。人们信以为真,继而失望,再坚信。就这样反复。"

英子沉思着朝酒杯注视了一会儿,不久便仰起头来说:

"那么,对老板娘来说,男人是什么呢?"

"男人嘛……"

"把你原先爱过的人都包括进来。"

"好!"

老板娘悄悄地俯视着自己的左手腕。

"是敌人吗?"

"说是敌人很对,不过……"

"应是可憎的敌人吧……"

"不。"

老板娘慢慢地摇着头。低头瞅了瞅酒杯里放着的冰块,缓缓地仰起头来。

"是可爱的敌人!"

老板娘这样说完,微微地笑了笑。她那俊美的面庞,在微弱的灯光之下,显得楚楚动人。

图书在版编目(CIP)数据

恋川/(日)渡边淳一著;时卫国译.—青岛:
青岛出版社,2016.10
ISBN 978-7-5552-4709-8

Ⅰ.①恋… Ⅱ.①渡… ②时… Ⅲ.①短篇小说—小说集—日本—现代 Ⅳ.①I313.45

中国版本图书馆 CIP 数据核字(2016)第 254121 号

七つの恋の物語 by 渡辺淳一
Copyrights : ©1981 by 渡辺淳一
This edition arranged through OH INTERNATIONAL CO. LTD.
Simplified Chinese edition copyrights : ©2016 by Qingdao Publishing House Co.,Ltd.
All rights reserved.
简体中文版通过渡边淳一继承人经由 OH INTERNATIONAL 株式会社授权出版
山东省版权局著作权合同登记号 图字:15-2015-49 号

书　　名	恋川
著　　者	(日)渡边淳一
译　　者	时卫国
出版发行	青岛出版社
社　　址	青岛出版社(青岛市海尔路 182 号,266061)
本社网址	http://www.qdpub.com
邮购电话	13335059110　0532-68068026
策划编辑	杨成舜
责任编辑	刘　迅(siberia99@163.com)
封面设计	乔　峰
封面插图	裴梓彤
照　　排	青岛新华出版照排有限公司
印　　刷	青岛双星华信印刷有限公司
出版日期	2017 年 1 月第 1 版　2017 年 5 月第 2 次印刷
开　　本	32 开(890mm×1240mm)
印　　张	9.5
字　　数	100 千
印　　数	8001-13000
书　　号	ISBN 978-7-5552-4709-8
定　　价	32.00 元

编校印装质量、盗版监督服务电话　4006532017　0532-68068638
建议陈列类别:外国文学